AF139472

TWENTYSIX – Der Self-Publishing-Verlag
Eine Kooperation zwischen der Verlagsgruppe
Random House und BoD –
Books on Demand
© 2020 Hofstadler, Sabine
Herstellung und Verlag:
BoD – Books on Demand, Norderstedt.
ISBN: 9783740766658

ICH KANN MICH NICHT ERINNERN

Sabine Hofstadler

ICH KANN MICH NICHT ERINNERN

Dienstag, 30. Juli 2002

Es war ein heißer und schwüler Tag, der Wetterbericht meldete bis zu 33 Grad. Ich saß im Büro und freute mich auf einen schönen Badenachmittag in einem Freibad ganz in der Nähe meines Wohnortes. Mein Mann Jürgen hatte diese Woche noch Urlaub und ich arbeitete derzeit nur bis Mittag. Ich sah auf die Uhr. Es war jetzt 10:00 Uhr und der Zeiger kroch betont langsam weiter. Noch zwei Stunden trennten mich von meinem Arbeitsende. Wir würden sofort nach der Arbeit ins Schwimmbad fahren und die Vorfreude darauf veranlasste mich noch schneller in die Tastatur meines Computers zu klopfen. Nur nicht ständig auf die Uhr sehen, damit die Zeit schneller verging. 10:30 Uhr. Warum verging heute die Zeit nicht? Ich betätigte die Jalousien, weil bereits die Sonne auf meinen Computer schien und mich blendete. 11:00 Uhr. Ich ging auf die Toilette und ließ mir kaltes Wasser über die Hände laufen. Mein Kreislauf war nicht sehr stabil und ich versuchte mich wieder auf Touren zu bringen. Ich dachte an Jürgen, er würde bereits die Badesachen packen und mich von der Arbeit abholen. Beschwingt ging ich wieder ins Büro. Ich verbuchte gerade eine Rechnung als das Telefon klingelte. Auf dem Display erkannte ich die Nummer meines Bruders. Ich nahm den Hörer ab.

„Hallo", hier spricht Herwig

„Hallo, was gibt's?" fragte ich und er schwieg kurz.

„Das Krankenhaus hat mich angerufen. Mama liegt im Spital, sie hatte einen Schlaganfall."

„Was?"

Natürlich hörte ich jedes einzelne Wort aber ich verstand es nicht. Ich konnte es nicht fassen.

Mein Gehirn weigerte sich es zu begreifen. Mein Bruder sagte nochmals.

„Sie hatte einen Schlaganfall und ich wurde vom Krankenhaus angerufen ob ich mit ihr verwandt sei. Sie fragten mich nach ihren Daten und ob ich kommen könne", er wartete auf Antwort und ich erwiderte.

„Wir wollten eigentlich baden fahren."

Ich hörte mich selber diesen Satz sagen und er klang völlig absurd in dieser Situation.

„Wenn du willst, dann fahr baden", sagte Herwig.

Er klang irgendwie ärgerlich aber auch irgendwie trotzig oder sogar hilflos.

„Natürlich fahr ich nicht ins Freibad, ich hätte keine ruhige Minute, ich werde gleich um zwölf Uhr ins Krankenhaus fahren", sagte ich. Mein Bruder schien sichtlich erleichtert.

„Wo liegt sie?"

„Im Neurologiezentrum."

„Gut ich fahre Mittag dort hin und rufe dich dann an. Bleibst du noch in der Arbeit?"

Mein Bruder bejahte und erklärte, man habe ihm gesagt, dass man erst später kommen sollte, weil sie noch untersucht wird.

„Wer hat dich angerufen?"

„Ein Arzt."

„Wie hieß er?"

„Ich weiß es nicht mehr."

„Gut, ich werde nach Mama fragen, wo sie genau liegt."

„Okay, ruf mich an, wenn du etwas weißt."

„Ja, hast du unsere Schwester verständigt?"

„Ja!"

Er legte auf. Ich zitterte. Meine Hände zitterten. Ich konnte sie nicht ruhig halten. Ich stand auf und ging auf die Toilette. Mir wurde plötzlich übel. Ich setzte mich auf den Boden im Waschraum vor der Toilette und zitterte am ganzen Körper. Beruhige dich.

Ich versuchte krampfhaft autogenes Training zu machen um nicht zu kollabieren. Ich stand auf und trank von der Wasserleitung kaltes Wasser und befeuchtete Stirn, Nacken und Hände. Ich zitterte immer noch. Schlaganfall? Natürlich, Schlaganfall. Aber doch nicht meine Mutter. Nein, nur nicht sie, jeder, aber nicht sie. Sie war immer so robust und nie krank. Nein, das muss eine Verwechslung sein. Ich stand auf und sah mich in den Spiegel. Ich sah unverändert aus. Meine Gesichtsfarbe war weder weiß noch rot, sondern völlig normal, meine Hände zitterten immer noch. Nein, nein das war sicher eine Verwechslung. Ich sah auf die Uhr. 11:45. Ich wusste nicht wie lange ich im Waschraum stand, ich hatte jedes Zeitgefühl verloren. Ich atmete tief ein und wieder aus um mich zu beruhigen. Dann ging ich wieder ins Büro. Mein Kollege sah mich fragend an, sagte jedoch kein Wort. Irgendwie presste ich zwischen meinen Lippen hervor. „Meine Mutter, im Krankenhaus, Schlaganfall."

Mein Kollege schüttelte den Kopf, als ob er mich nicht verstanden hätte.

„So etwas", sagte er.

Ich packte meine Sachen in meine Handtasche und zog mir die Schuhe an.

Ich verabschiedete mich von meinem Kollegen und ging. Es war fünf Minuten vor offiziellen Arbeitsschluss, doch das war mir egal, ich stürmte die zwei Stockwerke hinunter und hoffte, dass Jürgen bereits wartete. Er ist immer sehr pünktlich. Ich atmete erleichtert auf, weil er schon da war. Ich stieg ins Auto und Jürgen sah mich fragend an.

„Hat dich dein Bruder erreicht?"

„Ja. Warum weißt du das?"

„Er fragte mich nach der Telefonnummer deiner Firma, er wusste nicht mehr wo du arbeitest."

„Bitte?" Jürgen wiederholte.

„Er fragte nach deiner Telefonnummer."

„Ja", ich fiel ihm ins Wort, „ich habe dich verstanden."
Ich dachte, er wusste nicht mehr wo ich arbeitete. Mein
Bruder schien genauso geschockt gewesen zu sein
wie ich. Ich sagte zu Jürgen.

„Hat er es dir erzählt?"

„Ja."

Mein Mann sagte.

„Ich glaube du willst ins Spital fahren und nicht ins
Freibad."

Ich nickte erleichtert für sein Verständnis und bat ihn,
nach Hause fahren und in etwa einer Stunde ins
Krankenhaus zu fahren.

Auf dem Heimweg redete ich nichts. Ich war
geschockt. Ist es wirklich wahr? Neben Jürgen hatte
ich mich etwas beruhigt und zitterte nicht mehr. Als wir
zu Hause ankamen, legte ich mich auf die Couch und
mein Mann packte die Badesachen aus.

„Jürgen?" Ich rief nach meinem Mann und er kam vom
Schlafzimmer zu mir ins Wohnzimmer.

„Ja?"

„Was hat mein Bruder gesagt?"

„Er sagte, dass deine Mutter einen Schlaganfall hatte
und sie im Krankenhaus liegt, daher brauche er deine
Telefonnummer."

„Sonst nichts?"

„Nein."

Ich schwieg wieder. Jürgen sah mich an. Nein ich
konnte nicht weinen. Ich war überrascht, verblüfft,
geschockt. Sämtliche Nuancen von Gefühlen
überfielen mich. Ich sah auf die Uhr 12:30. Jürgen bat
mich, etwas zu essen. Ich verneinte.

„Ich habe keinen Hunger!"

„Aber du musst was essen!"

„Ich kann nicht!"

Es hatte bereits 30 Grad und in der Wohnung war es
sehr schwül und merkwürdig still.

Jürgen schaltete den Fernseher ein. Ich wollte fernsehen um mich abzulenken, aber ich konnte mich nicht konzentrieren und schweifte ständig mit meinen Gedanken ab. Ich kannte einige Schlaganfallpatienten und wusste wie die Krankheit verlaufen konnte. Lähmungen, Gleichgewichtsstörungen, Sprachstörungen. Nein nicht meine Mutter, nein ihr würde kein Schaden bleiben. Plötzlich fiel mir meine Oma ein, die Mutter meiner Mutter. Wusste sie es schon? Mittag ging Mama immer mit dem Hund meiner Oma spazieren. Wartete sie bereits? Ich musste sie anrufen. Ich wählte die Nummer und fing wieder zu zittern an. Schnell legte ich auf. Meine Oma war 82 Jahre alt und sie durfte sich nicht aufregen. Ich nahm Beruhigungstropfen und atmete bewusst langsam ein und aus. Nach zehn Minuten hatte ich mich unter Kontrolle und wählte nochmals die Nummer. Oma meldete sich, ich sagte.

„Hallo hier spricht Sandra."

Meine Oma war sichtlich erfreut über meinen Anruf. Ich bemühte mich locker zu sprechen und fragte.

„Kommt Mama heute zu dir?"

„Ja, wir fahren in eine Konditorei, aber sie ist noch nicht da", sagte Oma, ich erwiderte.

„Sie wird auch nicht kommen, sie ist im Krankenhaus."

„Ach, ist sie gestürzt?"

Meine Oma dachte immer an etwas was auch ihr passieren konnte. „Nein, sie hatte einen Schlaganfall, aber ich fahre dann gleich mit Jürgen ins Spital." Oma antwortete.

„In Ordnung, dann werde ich nicht auf sie zu warten, danke dass du mir Bescheid gesagt hast."

Ich hörte mich weit weg reden.

„Mach dir keine Sorgen, ich rufe dich an, wenn ich etwas erfahre."

„Ja", hörte ich meine Oma sagen. Ich legte auf. Konnte sie es nicht realisieren? Wusste sie eigentlich was ein

Schlaganfall ist? Sie hatte es ausgesprochen locker aufgenommen. Ich hörte mich nochmals sagen, mach dir keine Sorgen. Natürlich, ich sagte zu ihr, mach dir keine Sorgen, sie dachte es ist nicht so schlimm. Ich wusste auch nicht wie es um meine Mutter stand, aber ich machte mir große Sorgen. Ich sah wieder auf die Uhr. Jürgen fragte, ob ich jetzt ins Krankenhaus fahren will, oder ob ich vorher dort anrufe.

„Ja, fahren wir ins Krankenhaus", sagte ich und dachte, nein, ich kann nicht anrufen, womöglich erfahre ich etwas Unangenehmes aber nein, sie werden sie untersucht haben und ich werde bereits mit ihr sprechen können. Ich versuchte mich selbst zu beruhigen, aber es gelang mir nicht. Wir gingen zum Auto, es war drückend heiß. Die Klimaanlage im Auto kühlte angenehm aber mir war plötzlich schlecht. Ich sagte nichts zu Jürgen. Sicher waren es meine Nerven. Je näher wir zum Krankenhaus kamen je unruhiger wurde ich. Wir sprachen kein Wort miteinander, ich wollte nicht sprechen, mein Mund war trocken und ich war sicher, dass mir beim Sprechen die Stimme versagte. Wir bogen beim Krankenhaus ein und Jürgen suchte einen Parkplatz. Neben dem alten Krankenhaus wurde ein großer Neubau errichtet und wir gingen zum alten Gebäude zur Infostelle. Die Portierstelle war nicht besetzt und ich ging zu einem provisorischen Portierhäuschen und fragte.

„Meine Mutter, Frau Binder wurde mit einem Schlaganfall eingeliefert, ich wurde vom Arzt verständigt, können sie mir sagen wo sie liegt?"

Der Portier sah mich sorgenvoll an, oder bildete ich es mir nur ein?

„Gehen sie bitte zum Neubau, zum Infopoint, dort erfahren sie näheres."

Er beschrieb den Weg, ich hatte mir die Beschreibung nicht gemerkt, ich war so aufgewühlt. Jürgen ging vor und ich rannte hinterher.

Dort saßen in einem runden Portal vier Personen zur Auskunft. Ich ging zu einem freundlich lächelnden Herrn und wiederholte meine Frage, in welchem Zimmer meine Mutter, Frau Binder, denn läge. Das Gesicht des netten lächelnden Herren wurde plötzlich zu einem sorgenvollen Gesicht. Mit ernster Miene erklärte er mir.

„Frau Binder liegt auf der Intensivstation."

Er erklärte uns den Weg. Ich bedankte mich und ging wieder hinter Jürgen zur Station. Wieder hatte ich mir die Wegbeschreibung nicht gemerkt. Der Weg war lang, wir mussten über eine Stiege hinauf und je höher wir kamen umso stickiger wurde die Luft. Wir gingen schweigend nebeneinander. Mir ging es nicht gut und ich fing wieder leicht zu zittern an. „Intensivstation", immer wieder wiederholte ich im Gedanken dieses Wort. „Intensivstation." Warum lag sie auf der Intensivstation, ging es ihr so schlecht, war sie womöglich schon tot? Ich schüttelte mich, als wollte ich den Gedanken abschütteln. Wir kamen zu einem kleinen Warteraum mit einer verglasten Eingangstür darauf stand groß INTENSIVSTATION. Der Warteraum bestand aus einigen Sesseln und einem Tisch. Im Eck stand ein Ständer mit Folder der Station. Der Raum war karg und nicht einladend. Es war niemand da. Neben einer Tür auf einem Schild, las ich die Besuchszeiten. 15 bis 16.30 und 18 bis 19 Uhr. Jetzt war es 13:30. Ich versuchte die Tür zu öffnen, aber sie ließ sich nicht öffnen, denn sie hatte keine Türschnalle, sondern einen Knauf. Jürgen bemerkte neben der Tür eine Klingel. Intensivstation A, darunter Intensivstation B. Er läutet und einige Zeit verging. Ich läutete nochmals. Aus der Sprechanlage neben der Klingel hörte ich eine Frauenstimme.

„Ja bitte?" Ich war überrascht das man uns nicht hinein ließ und fing zu stottern an.

„Äh, meine Mutter, sie ist auf der Station, wir kommen sie besuchen", die Stimme fragte.

„Wie heißt ihre Mutter?"

„Binder." Die Stimme antwortete.

„Moment, ich komme!" Ich sagte zu Jürgen.

„Sie kommt."

Kurz darauf öffnete sich die Tür und eine lächelnde Schwester sah uns an.

„Ihre Mutter ist noch im Untersuchungsraum und wir erwarten sie jeden Moment haben sie noch einen Weg?" Ich sagte.

„Nein, wie geht es ihr?"

„Ich weiß es nicht", sagte die Schwester, „sind sie von hier?" Ich sah sie erstaunt an.

„Ja in der Nähe."

„Könnten sie vielleicht um 15 Uhr nochmals kommen, dann ist sie sicher schon auf der Station." Sie lächelte immer noch.

„Ja, natürlich", sagte ich. Die Tür schloss sich. Ich sah Jürgen fragend an.

„Wie lange dauert so eine Untersuchung, sie wurde doch schon am Vormittag eingeliefert." Jürgen meinte.

„Vielleicht wird sie gleich operiert."

Irgendwie war ich wegen der lächelnden Schwester beruhigt, auch die eventuelle Operation fand ich plausibel. Aber warum hat die Schwester von einer möglichen Operation nichts gesagt? Wir gingen vom Krankenhaus wieder zum Auto. Plötzlich fiel mir ein, dass ich meinen Bruder verständigen musste. Ich wählte die Nummer und Herwig meldete sich sofort. Ich berichtete ihm, dass Mama noch untersucht wurde und wir um 15 Uhr nochmals kommen sollten, dann würde sie bereits im Zimmer sein. Wir vereinbarten, uns um diese Zeit beim Krankenhaus zu treffen und gemeinsam zur Station zu gehen. Schweigend fuhren wir nach Hause. Zuhause schaltete Jürgen wieder den Fernseher ein.

Mein Hals war wie zugeschnürt, ich hatte keinen Hunger, aber ich versuchte zumindest eine Kleinigkeit zu essen. Ich nahm eine Zeitschrift zur Hand und bemühte mich zu lesen. Aber immer wieder schweiften meine Gedanken ab und ich dachte an das Krankenhaus, an die lächelnde Schwester und natürlich an Mama. Wie ging es ihr, war sie in Narkose? War sie bei Bewusstsein? Ich fragte Jürgen. „Glaubst du, dass es ihr gut geht?" Jürgen erwiderte. „Ich weiß es nicht, wir werden es bald erfahren." Wieder schwiegen wir. Ich sah auf die Uhr. 14 Uhr. Ich ging ins Bad und sah mich in den Spiegel. Ich sah aus wie immer. Schlaganfall! Immer wieder hörte ich in meinem Kopf diese Worte. Schlaganfall! Ich dachte an Bekannte, die auch einen Schlaganfall hatten. Einer war wieder ganz der Alte, aber die anderen hatten Gehstörungen, Sprechstörungen, Lähmungen. Was würde meiner Mutter bleiben? Nein, ich versuchte mich wieder selbst zu beruhigen Ich ging in die Küche und trank ein Glas Wasser. Jürgen sagte wir müssen dann fahren. Das Handy von Jürgen läutete. Es war der Bruder meiner Mutter der mit meiner Oma in die Konditorei fuhr. Er erkundigte sich ob es von Mama schon Neuigkeiten gäbe. Ich verneinte und versprach Bescheid zu geben. Im Auto war es wieder heiß und die Klimaanlage lief auf vollen Touren. Als wir zum Krankenhaus kamen war der Parkplatz fast voll und wir mussten einige Runden drehen, bis wir einen Platz fanden. Als wir ausstiegen, sahen wir meinen Bruder und seine Frau mit dem Auto einparken. Sie stiegen aus und Herwig fragte mich ob ich etwas Neues weiß und ich verneinte und sagte wir würden gleich zur Station gehen.

„Wo liegt sie", fragte Herwig.

„Auf der Intensivstation", erwiderte ich.

„Wie bitte?"

Herwig sah mich verständnislos an.

„Auf der Intensivstation, warum?" Ich sagte.

„Ich weiß es nicht, aber ich weiß von einer Bekannten die auch einen Schlaganfall hatte, dass diese auch auf der Intensivstation war, weil sie im Koma lag."

Plötzlich wurden mir die Worte bewusst. Im Koma! Mein Gott, ich dachte daran, dass ein Bekannter vom Koma nicht mehr erwachte und drei Tage später verstarb. Mir wurde richtig schlecht. Der Gesichtsausdruck von meinem Bruder wechselte von überrascht zu sorgenvoll. Jürgen behielt die Ruhe und erklärte.

„Wir werden gleich mehr wissen, es hat keinen Sinn sich jetzt Sorgen zu machen."

Ich war erleichtert, dass mein Mann bei mir war, ich war wieder etwas beruhigt. Inzwischen waren wir bei der Intensivstation angekommen. Es war bereits Besuchszeit, aber der Warteraum war leer und ich klingelte. Gleich darauf meldet sich eine Stimme.

„Ja, bitte?" Ich sagte, dass wir unsere Mutter, Frau Binder besuchen würden."

„Ich komme gleich", sagte die Stimme. Wir sahen uns an. Ich dachte, warum öffnet sie nicht einfach die Tür und kurz darauf kam eine Schwester. Es war eine andere als vorher. Ich erklärte ihr, dass wir schon einmal hier waren und wir sollten nochmals um 15 Uhr kommen, dann könnten wir unsere Mutter sehen. Die Schwester sagte, dass unsere Mutter noch immer nicht von der Untersuchung gekommen ist, aber sie würden sie jeden Moment erwarten. Ob wir inzwischen in die Neurochirurgie gehen könnten um einige persönlich Sachen meiner Mutter zu holen. Wir fragten, warum ihre Sachen auf einer anderen Station wären und die Schwester erklärte uns, dass unsere Mutter vorerst in der Neurochirurgie aufgenommen wurde und erst später auf die Intensivstation verlegt wurde. Wir nickten und die Schwester meinte, wir sollen dann nochmals kommen. Auf meine Frage wie es meiner Mutter gehe, antwortete sie, sie wisse es nicht und wir müssten mit einem Arzt sprechen. Dann verschwand sie wieder hinter der Tür. Wir standen da und sahen uns an. Jürgen ergriff das Wort.

„Gut, gehen wir in die Neurochirurgie." Wir gingen zum Infopoint und fragten, wo die Neurochirurgie lag. Der Portier erkläre uns den Weg. Ich hörte zu, merkte mir aber wieder kein einziges Wort. Jürgen ging voraus und wir liefen schweigend hinter ihm her. Als wir in der Neurochirurgie ankamen, fragte ich eine Schwester um die persönlichen Sachen unserer Mutter. Die Schwester sah uns erfreut an und fragte uns, wie es ihr gehe. Wir sahen sie verwundert an und erklärten, dass wir es selbst noch nicht wüssten und sie noch immer untersucht wurde. Die Schwester sah uns plötzlich eigenartig an, drehte uns aber gleich den Rücken zu und ging mit uns in ein Zimmer. Sie holte aus einem Nachtkästchen zwei Taschen heraus und drückte sie uns in die Hand. Ich fragte, ob meine Mutter nach der Untersuchung wieder in dieses Zimmer komme und die Schwester nickte und erklärte.

„Ja, das ist ihr Bett und sie würde voraussichtlich wieder in dieses Zimmer kommen.

„Voraussichtlich?" fragte mein Bruder.

„Ja, ich weiß nicht ob sie vielleicht operiert wird, aber ich vermute, dass sie wieder auf diese Station kommen werde", erklärte die Schwester.

„Wer hat mich eigentlich verständigt?" fragte mein Bruder.

„Ich weiß es nicht."

„Wie wussten sie den Namen meiner Mutter", fragte mein Bruder weiter.

„Nun, sie hat uns ihren Namen gesagt."

„Sie hat gesprochen?" fragte ich erstaunt.

„Ja, sie hat mit uns gesprochen und dann wurde sie bewusstlos und sofort zur Untersuchung gebracht." Wir bedankten uns bei der Schwester für die Auskunft und die Schwester rief uns nach, wir sollten ihr schöne Grüße ausrichten. Wir gingen wieder den Gang zurück zur Intensivstation und überlegten. Sie war noch bei Bewusstsein, daher ist es sicher nicht so schlimm wie wir dachten. Wir werden mit ihr sprechen können und sie wird bald wieder zu Hause sein. Wir redeten uns gegenseitig Mut zu. Inzwischen waren wir wieder bei der Intensivstation angekommen und man sah durch die Glasfront jemanden im Wartezimmer sitzen. Es war ein Mann. Er starrte an die Decke und sah nur kurz zu uns rüber als wir ins Wartezimmer eintraten. Wir setzten uns und ich fragte den Mann ob er bereits geklingelt hätte.

„Ja, aber es ist niemand gekommen." Er stand auf und klingelte nochmals. Aus dem Lautsprecher meldete sich eine Stimme. Der Mann sprach leise in die Sprechanlage, dass seine Frau nach einem Unfall eingeliefert wurde. Die Stimme fragte nach seinen Namen. Der Mann antwortete wieder leise. Kurz darauf ging die Tür auf und eine Schwester kam. Sie fragte nochmals nach dem Namen des Mannes und dann fragte sie mich, ob für uns schon jemand kommen würde. Ich sagte.

"Nein, unsere Mutter, Frau Binder ist auf dieser Station, aber sie wurde untersucht und wir wollen sie jetzt besuchen, wenn sie schon da ist." Ich sah die Schwester fragend an und sie nickte.

„Ja, ich weiß Bescheid, ich schicke jemanden." Die Tür schloss sich wieder.

„Warum lässt sie uns nicht gleich rein?" fragte ich, schüttelte den Kopf und sah meinen Bruder an.

„Ich weiß es auch nicht", erwiderte mein Bruder. Kurz darauf öffnete sich die Tür und eine Schwester erschien.

„Sie sind Angehörige von Frau Binder?" fragte sie. Mein Bruder und ich bejahten.

„Sie dürfen aber nur zu zweit rein", erklärte die Schwester und sah uns vier an.

„Wir sind die Kinder, ich deutete auf meinen Bruder und mich und das sind die Schwiegerkinder", ich zeigte auf Jürgen und die Frau meines Bruders. Die Schwester nickte und bat uns ihr zu folgen. Sie schloss die Tür hinter sich und wir standen in einem kleinen Raum indem sich ein Waschbecken und ein Regal mit einem Stapel von weißen Mänteln befand. Die Schwester sagte, wir sollen uns die Hände waschen und desinfizieren, danach gab sie uns weiße Mäntel und half uns beim Anziehen. Als wir angezogen waren, fragte die Schwester ob wir wissen wie es auf einer Intensivstation aussehe.

„Nur vom Fernsehen", sagte ich. Mein Bruder schwieg. Die Schwester ging voraus und wir folgten ihr durch einen langen Gang. Links und rechts davon waren Glasfronten und man sah Betten hinter dem Glas stehen. Sie waren nicht belegt und teilweise noch in Plastik verpackt. Am Ende des Ganges befand sich wieder eine Glastür und diese öffnete sich plötzlich automatisch. Wir kamen in einen Raum in dem zwei Betten standen dann war eine Trennwand dazwischen dann wieder zwei Betten. Die Schwester blieb bei einem Bett stehen und wir stellen uns daneben und die Schwester erklärte.

„Hier ist Frau Binder."

Wir sahen auf das Bett und auf das was darin lag.

„Sie können zu ihr gehen", sagte die Schwester und ging in einen Raum der wieder mit Glasfronten abgeteilt war. Wir standen da und ich ging zu der Person die angeblich meine Mutter war. In der Mitte vom Bett blieb ich stehen. Ich sah eine Frau die ihre Haare merkwürdig zurückgekämmt hatte. In ihrem Mund steckte ein Schlauch mit einem Metallstück und der Mund stand weit offen. Unwillkürlich dachte ich an einen Zahnarzt. In der Nase hatte sie einen durchsichtigen Schlauch in dem sich weiße Flüssigkeit befand. Die Bettdecke ging über die Brust und ich sah einen dünnen Schlauch der aussah wie ein Kabel, dieser ging direkt in ihren Körper Herznahe hinein. Ich sah ihr wieder ins Gesicht. Sie hatte die Augen geschlossen und irgendwie sah sie verändert aus. Aber es war Mama. Ich traute mich nicht näher zu gehen und sie zu berühren. Ich sah mich zu meinem Bruder um. Er stand mit dem Rücken zum Bett und rief plötzlich, ich brauche einen Arzt, wo ist ein Arzt, holen sie mir einen Arzt. Die Schwester kam wieder zum Bett und fragte ob sie einen Arzt rufen solle damit wir mit ihm sprechen könnten. Mein Bruder bejahte und fragte:

„Wie geht es ihr, was ist passiert?" Die Schwester sagte:

"Sprechen sie bitte mit dem Arzt, ich kann ihnen keine Auskunft geben."

Wir sahen uns an, und die Schwester tippte am Handy eine Nummer ein. Sie drehte sich von uns weg und wir hörten nicht was sie sprach, dann sagte sie, der Arzt kommt gleich. Wir nickten und standen beide am Fußende des Bettes und schwiegen. Ich sah hinter einer Trennwand eine Frau, oder war es doch ein Mann der nackt auf dem Bauch im Bett lag. Ein Mann mit weißer Kleidung, vermutlich ein Pfleger wusch diese Gestalt. Jetzt drehte er die Person um. Ich sah nicht mehr hin. War dieser Mensch tot? Er bewegte sich jedenfalls nicht. Ich fühlte mich nicht mehr wohl und versuchte mit meiner kalten Hand meinen Nacken zu kühlen. Jetzt erst bemerkte ich wie angenehm kühl es hier war. Die Lamellenvorhänge waren zugezogen und offensichtlich gab es hier eine Klimaanlage. Es piepste ständig irgendwo und ich sah gegenüber noch ein Bett stehen in dem ein Mann lag. Anscheinend schlief er.

Wir waren die einzigen Besucher in diesen Raum. Der Arzt kam, gab uns die Hand und stellte sich vor.

„Guten Tag ich bin Dr. Waller, wer sind sie?"

„Hofer, ich bin die Tochter von Frau Binder." Mein Bruder sagte.

„Binder, Sohn." Ich wunderte mich, warum er nicht einen ganzen Satz sagte. Der Arzt fing zu reden an.

„Also, ihre Mutter", ich unterbrach ihn und fragte ob wir hierbleiben müssten oder hinaus gehen könnten, mir ist nicht so gut. Der Arzt bejahte und ging voraus. Wir folgten ihm wieder zurück durch den langen Gang. Am Ende des Ganges war ein Zimmer in das wir eintraten. Darin stand ein Tisch und vier Sesseln. Der Arzt bat uns Platz zu nehmen. Er setze sich gegenüber und fing zu sprechen an.

„Nun, ihre Frau Mutter hatte keinen Schlaganfall wie wir vorher hofften, sondern eine Gehirnblutung. Durch die Blutung wurde das Gehirn überflutet und wir wissen nicht wie weit es ins Rückenmark eingedrungen ist. Die Blutung ereignete sich im Kleinhirn, ungefähr hier." Er zeigte an eine Stelle an seinem Hinterkopf.

„Und was heißt das", fragte Herwig. Ich dachte warum unterbricht er den Arzt? Der Arzt sprach weiter.

"Ich war bei der Operation als Anästhesist dabei und wir versuchten die Blutung zu stoppen." Ich dachte, sie wurde also doch gleich operiert nicht nur untersucht.

„Die Operation ist leider nicht gelungen, weil andere lebenswichtige Gefäße von dieser Arterie weggingen und somit die vorgesehene Operation nicht möglich war.

„Was wird jetzt getan", fragte mein Bruder. Ich dachte er solle den Arzt doch endlich ausreden lassen und nicht immer dazwischenreden. Der Arzt sprach weiter.

„Nun, die Blutung haben wir jetzt stoppen können, aber sie muss nochmals operiert werden. Im Fall ihrer Frau Mutter warten wir die nächsten drei Tage ab.

Die kritischen Tage sind vom ersten bis zum dritten Tag und dann bis zum vierzehnten Tag. Bis dahin ist sie in Lebensgefahr. Bei ihrer Frau Mutter kann man sagen das die Gehirnblutung in einer Skala von eins bis zehn, eins ist leicht, zehn ist tödlich, ihre Mutter bei Stufe neun war. Diese enden aber auch in den meisten Fällen tödlich." Der Arzt schwieg kurz und redete dann weiter.

„Wir warten jetzt die nächsten drei Tage ab und dann hoffen wir, dass wir operieren können. Wie gesagt, so eine Blutung ist in den meisten Fällen tödlich. Wir können auch nicht sagen wie weit die Blutung in das Rückenmark geflossen ist und was dabei zerstört wurde. Das heißt die Schäden die entstanden sind, sind irreparabel. Der Hinterkopf ist mit Blut gefüllt, sie hat einen großen Bluterguss daher sehen wir die Ausmaße noch nicht. Das Abheilen des Blutergusses dauert circa vierzehn Tage. Dann sehen wir weiter. Derzeit ist sie im künstlichen Tiefschlaf, sie wird beatmet und auch alle anderen Tätigkeiten werden von den Maschinen übernommen. In den meisten Fällen haben die Patienten nach einer Gehirnblutung nochmals Hirninfarkte zu erwarten. Diese können auch tödlich sein. Leider kann ich ihnen nicht mehr sagen, als dass wir die nächsten drei Tage abwarten müssen. Sie können zu jeder Tages- und Nachtzeit anrufen."

Ich stand auf, gab dem Arzt die Hand und bedankte mich für die Auskunft. Ich war jetzt völlig ruhig, aber auch sehr geschockt. Mein Bruder stand auch auf und wir gingen wieder in den Vorraum. Wir zogen uns die Mäntel aus und legten sie in einen Wäschekorb. Dann gingen wir ins Wartezimmer wo Jürgen und Herwigs Frau warteten. Jürgen fragte.

„Wie sieht's aus?"

„Nicht gut", sagte ich und sah ihn verzweifelt an. Schweigend gingen wir den Gang zurück zum

Ausgang. Ich erzählte, was der Arzt uns mitgeteilt hatte. Ich begriff im Schock nicht, wie ernst die Lage war, ich konnte es einfach nicht erfassen. Mein Bruder ging plötzlich neben meinen Mann und redete auf ihn ein. Meine Schwägerin ging neben mir. Wir schwiegen. Mein Bruder rief unsere Schwester an, um ihr die aktuelle Situation zu schildern. Er telefonierte und wir gingen zum Auto. Jürgen trug die Taschen von Mama ins Auto und wir warteten bis Herwig mit dem Telefonat fertig war. Mir fiel ein, dass meine Mutter immer mit dem Fahrrad unterwegs war und ich sagte, wir müssen fragen, wo das passiert war. Wir gingen nochmals zur Intensivstation zurück und ich klingelte. Eine Stimme meldete sich. Ich erklärte, wir würden noch die Auskunft brauchen wo das geschehen ist. Die Stimme sagte, sie würde jemanden schicken. Kurz darauf öffnete sich die Tür und der Arzt fragte, was wir noch wissen wollen. Ich erklärte, dass unsere Mutter vermutlich mit dem Fahrrad unterwegs war und ob er wisse, wo das passiert sei. Der Arzt verneinte und sagte, wir sollten auf der Neurochirurgie fragen, von dort ist sie auf die Intensivstation gekommen. Ich bedankte mich und wir gingen wieder auf die Neurochirurgie. Die Schwester die uns die Taschen gegeben hatte, fragte uns wie es unserer Mutter gehe und ich sagte, nicht gut, sie werde beatmet und fragte ob sie wisse wo und wann das passiert ist. Die Schwester antwortete.

„Ich weiß nur, dass sie mit der Rettung am Vormittag eingeliefert wurde, sonst leider nichts."

Wir bedankten uns und gingen. Als wir beim Auto ankamen fragte Herwig ob wir noch etwas trinken gehen. Wir stimmten zu und gingen in ein Lokal gegenüber vom Krankenhaus. Der Gastkarten war gut besucht, aber wir konnten noch einen Tisch ergattern. Wir setzen uns und gaben unsere Bestellung auf. Ich hatte großen Durst und war froh als endlich das

Getränk kam. Plötzlich fiel mir ein, dass meine Mutter gestern erzählte, dass sie heute eine Freundin besuchen wollte und ich erklärte.

"Jetzt fällt mir ein, wo es möglicherweise passiert ist, in der Nähe von ihrer Freundin." Wir gingen zum Auto und sahen uns den Inhalt der Taschen an. In einer Tasche war Gemüse und in der anderen Tasche die Kleidung meiner Mutter. Sie war also vorher vermutlich auf den Markt um Gemüse zu kaufen und dort musste es passiert sein. Daher müsste ihr Fahrrad noch am Marktplatz oder bei ihrer Freundin, die in der Nähe vom Marktplatz wohnt, stehen. Wir fuhren vom Krankenhaus zum Marktplatz. Jürgen und ich suchten eine Seite ab, mein Bruder die andere Seite. Wir trafen uns wieder bei den Autos. Leider hatten wir das Rad nicht gefunden. Wir vereinbarten, dass mein Bruder heute noch im Krankenhaus anrufen werde. Wir gingen wieder zu den Autos und sahen nochmals in die Taschen. Mein Bruder nahm sich das Gemüse und ich nahm mir die Kleidung mit nach Hause. Endlich fuhren wir heim. Im Auto läutete das Handy. Der Bruder meiner Mutter fragte ob wir schon was Neues wissen. Ich hatte völlig vergessen ihn anzurufen. Ich erklärte, dass man noch nichts Genaues weiß, aber sie liege auf der Intensivstation und man müsse die nächsten drei Tage abwarten, dann wird sie operiert. Ich sagte mit Absicht keine Details um meine Oma nicht zu beunruhigen. Ich erklärte, meine Oma zu verständigen, sobald ich mehr erfahre und Oma solle es dann den Geschwistern meiner Mutter sagen. Mir fiel ein, dass ich in der Wohnung meiner Mutter nachsehen musste ob nicht der Geschirrspüler lief oder die Wäsche im Garten aufgehängt war. Wir fuhren zur Wohnung meiner Mutter. Ich hatte einen Schlüssel und wir betraten die Wohnung. Ich schloss die Fenster und sah im Garten nach wegen der Wäsche. Sie hatte keine Wäsche aufgehängt. In der Wohnung war es gespenstisch still. Ich sah in den Kühlschrank und ich nahm leicht verderbliche Lebensmittel heraus. Ich vermutete, dass meine Mutter nicht so schnell aus dem Krankenhaus entlassen würde. Ich sah in alle Räume, ob nichts eingeschaltet war und wir verließen wieder die Wohnung. Endlich fuhren wir nach Hause. Als wir daheim ankamen nahm ich die Kleidung von Mama aus der Tasche und ich bemerkte, dass ihre Hose und Bluse völlig durchnässt waren. Meine Mutter musste furchtbar geschwitzt haben. Entweder hatte sie sich bei der Hitze beim Radfahren so angestrengt oder wegen der Gehirnblutung. Ich steckte die Wäsche in die Waschmaschine. Dann machte ich mir etwas zu essen. Ich hatte keinen Hunger aber ich musste essen um keine Kreislaufprobleme zu bekommen. Ich legte mich auf die Couch, aß ein Brot und sagte zu Jürgen. "Muss sie sterben?" Jürgen sah mich an und antwortete.

„Ich weiß es nicht." Wir schwiegen.

„Das weiß nicht einmal der Arzt", sagte ich und Jürgen antwortete.

„Wir müssen abwarten wie es in den nächsten Tagen aussieht."

Um 21 Uhr klingelte das Telefon und ich erschrak. Hoffentlich war es nicht das Krankenhaus mit einer schlechten Nachricht. Ich zitterte als ich abhob. Es war Herwig.

„Ich habe im Krankenhaus angerufen und Mama geht es unverändert. Ich rufe morgen am Vormittag an und sage dir dann Bescheid." Ich erwiderte.

"Nein, ich rufe dich Mittag von zu Hause an, in der Arbeit kann ich nicht reden."

„Okay, gute Nacht."

Ich legte auf. Herwig hatte Urlaub, aber ich musste morgen wieder zur Arbeit. Wir gingen bald schlafen.

Mittwoch, 31. Juli 2002

Am nächsten Morgen stand ich um sechs Uhr auf und fuhr mit dem Fahrrad in die Arbeit. Die frische Luft und die Bewegung taten mir gut. In der Arbeit angekommen erzählte ich meinem Kollegen kurz von meiner Mutter. Ich war froh als er nicht weiterfragte. Ich schaltete den Computer ein und versuchte mich auf meine Rechnungsbuchungen zu konzentrieren. Es gelang mir nicht gut, immer wieder dachte ich an meine Mutter. Wie ging es ihr, lebte sie noch? Endlich war es neun Uhr und wir hatten Pause. Mein Kollege ging in den Aufenthaltsraum und ich war alleine im Büro. Schnell rief ich Jürgen an und fragte ob es Neuigkeiten gäbe. Er verneinte und sagte, er würde mich mit dem Fahrrad von der Arbeit abholen. Zuhause angekommen rief ich sofort meinen Bruder an und er berichtete, dass sie schon wieder operiert werde.

„Was?" sagte ich, „der Arzt sagte doch sie warten drei Tage ab und dann sieht man weiter."

Mein Bruder hatte auch keine Erklärung dafür und er meinte, er riefe am Nachmittag nochmals an. Ich legte auf. Ich versuchte etwas zu essen aber ich hatte keinen Appetit. Es war wieder sehr heiß und Jürgen fragte, ob ich baden fahren will. Ich hatte keine Lust dazu, eigentlich war ich unfähig irgendetwas zu tun und wir blieben zu Hause. Später fuhr Jürgen alleine mit dem Fahrrad, ich blieb zu Hause und versuchte mich zu entspannen. Plötzlich musste ich weinen. Der Schock und die Gedanken an das Erlebte wurden mir erst jetzt bewusst. Hatte sie eine Überlebenschance? Mir fielen die Worte des Arztes ein: In den meisten Fällen endet das tödlich, wir warten noch drei Tage, sie muss nochmals operiert werden, die Schäden sind irreparabel. Ich bin nicht gläubig aber ich fing an zu beten. Lieber Gott, bitte lass sie weiterleben, bitte nimm sie nicht zu dir, sie ist doch erst neunundfünfzig Jahre alt, bitte lass sie leben, bitte. Ich war so verzweifelt. Als ich mich einigermaßen beruhigte, fiel mir ein, dass meine Mutter ein Zeitungsabo hatte und ich beschloss bis auf weiteres das Abo abzubestellen. Ich suchte mir die Telefonnummer des Zeitungsverlages heraus. Ich atmete tief durch und wählte die Nummer. Eine Frauenstimme meldete sich.

„Hier Aboservice, guten Tag", ich antwortete.

„Guten Tag, ich bin die Tochter von Frau Binder, meine Mutter hat eine Gehirnblutung erlitten und sie liegt im Krankenhaus, ich möchte bitte das Abo bis auf weiteres abbestellen." Die Stimme sagte.

„Oh, das tut mir leid, bis 31. Dezember 2002 geht das in Ordnung?"

„Ja, danke, falls es früher wieder zu beziehen ist, rufe ich an, ist das möglich?"

„Ja", antwortete die Stimme.

„Danke", sagte ich.

Ich legte auf und musste wieder weinen. Bis 31. Dezember 2002 das war lange. Würde sie ihren sechzigsten Geburtstag im Dezember erleben? Ich setzte mich wieder auf die Couch und überlegte. Überstand sie die Operation? War sie schon tot? Was operieren sie genau? Jürgen kam nach Hause. Er sah mich heulen und tröstete mich.

„Du brauchst doch nicht weinen, mach dir nicht immer Sorgen wir werden es schon erfahren wie es weitergeht. Vielleicht geht es ihr nach der Operation besser und du kannst mit ihr schon sprechen."

Ich sah Jürgen an. Wollte er mir nur Hoffnung machen oder meinte er es ernst, was er sagte?

„Muss sie sterben?" fragte ich und sah Jürgen in die Augen.

„Ich weiß es nicht", sagte Jürgen.

Es war 15 Uhr als das Telefon läutete. Ich erschrak und zitterte wieder. Ich atmete tief durch und hob ab. Herwig rief an.

„Ich habe jetzt im Krankenhaus angerufen, sie wird immer noch operiert, ich versuche es nochmals gegen 18 Uhr", ich erwiderte.

„Wie bitte, sie wird immer noch operiert, wie lange dauert das?"

„Ich weiß es nicht", sagte Herwig. „Ich melde mich nochmals um 18 Uhr."

„Okay", sagte ich und legte auf. Ich zitterte noch immer und dachte: Ist sie schon gestorben? Gab es Komplikationen? Würden wir sie heute noch sehen? Jürgen fragte mich ob wir auf einen Kaffee fahren. Ich verneinte. Meine Augen waren vom Weinen geschwollen und ich sah furchtbar aus. Ich sagte er solle alleine fahren. Jürgen schien erleichtert.

„Macht es dir nichts aus?"

„Nein, nein, fahr nur", antwortete ich. Die Tür schloss sich hinter Jürgen und ich war allein. Ich versuchte positiv zu denken aber es gelang mir nicht, ich wickelte mich in eine Decke, obwohl es wieder sehr heiß war, fröstelte mich, ich versuchte zu schlafen aber immer wieder kehrten meine Gedanken an den gestrigen Tag zurück. Ich sah das Gesicht von Mama vor mir und wie sie dort lag mit geschlossenen Augen und geöffneten Mund. Ich musste eingeschlafen sein, den Jürgen stand neben mir. Ich sah auf die Uhr. Es war 17 Uhr. Noch eine Stunde dann wusste ich wieder mehr über ihren Zustand. Jürgen schaltete den Fernseher ein und schob eine Pizza in den Ofen. Auch Jürgen litt unter der Situation. Endlich war es 18 Uhr. Ständig sah ich auf die Uhr und dann wieder zum Telefon. Der Zeiger kroch dahin und das Telefon blieb still. Plötzlich läutete es. Es war der Bruder meiner Mutter. Er fragte wie das Befinden seiner Schwester sei und ich antwortete, ich weiß es selbst nicht genau, sie wird heute nochmals operiert, aber ich sage Oma Bescheid, sobald ich etwas erfahre. Ich ärgerte mich. Wie kann man nur so unsensibel sein und ständig nachfragen. Konnte er sich nicht vorstellen, dass es mir nicht gutging? Wieder klingelte es und endlich war Herwig am Telefon.

„Mama ist jetzt wieder auf der Intensivstation und sie wurde am Kopf operiert. Die Operation ist gut verlaufen. Ein Besuch wäre heute nicht sinnvoll, weil sie noch nicht bei Bewusstsein ist, aber ich sollte morgen nochmals anrufen wie es ihr geht und ob wir sie besuchen können."

„Danke für den Anruf, ich melde mich dann Mittag bei dir", sagte ich. Ich war erleichtert. Die Operation war gelungen und sie lebte noch. Ich war glücklich. Mir fiel meine Oma ein, die sich sicher auch große Sorgen machte und ich rief sie an.

„Hallo Oma, hier spricht Sandra", Oma antwortete. „Danke für den Anruf, wie geht es Mama?"

„Sie ist operiert worden, aber sie ist noch in Narkose. Aber die Operation ist gut verlaufen und ich hoffe das wir sie morgen besuchen können. Ich werde dir Bescheid geben. Oma sagte.

„Ja, danke, ich werde die Geschwister von Mama informieren."

„Gut ich rufe dich morgen wieder an." Ich legte auf.

Jürgen und ich gingen noch spazieren und die frische Luft tat mir gut. Ich hatte Sonnenbrillen auf um meine verweinten Augen zu verstecken.

Wir gingen bald schlafen.

Donnerstag, 1. August 2002

Der Wecker klingelte. Sechs Uhr. Ich stand auf und ging ins Bad. Ich schminkte mich, zog ich mich an und trank Kaffee. Jürgen schlief noch und ich machte mich für die Arbeit fertig. Als ich ging, wachte Jürgen auf, ich verabschiedete mich und dann fuhr ich mit dem Rad zur Arbeit. Im Büro angekommen vertiefte ich mich gleich in die Arbeit um auf andere Gedanken zu kommen aber es gelang mir nicht. Immer wieder dachte ich an Mama und ob sie die Nacht überlebt hatte. Ich war nervös und hatte bis jetzt nichts gegessen, mein Hals war zugeschnürt und mein Magen verkrampfte sich. Ich ging auf die Toilette und ließ mir kaltes Wasser über die Hände laufen. Mir war übel und ich wusste nicht ob ich Hunger hatte oder ob mein Blutdruck so niedrig war oder ob meine Nerven nicht mehr mitspielten. Immer wieder sah ich ihr Gesicht vor mir, wie sie dort lag und auf nichts reagierte. Ich wusste nicht wie lange ich mich in den Spiegel ansah und versuchte ruhig zu atmen. Ich atmete tief durch und ging wieder ins Büro. Ich wollte mich auf die Arbeit konzentrieren und buchte einige Rechnungen. Ich wusste nicht mehr, ob die Rechnung korrekt verbucht war oder ob ich einige wichtige Daten vergessen hatte. Immer wieder schweiften meine Gedanken ab. Wie ging es ihr? Lebte sie noch? Mein Kollege fuhr zur Bank. Ich war erleichtert, dass ich alleine im Büro war. Ich versuchte meine Post zu sortieren, konnte mich aber nicht konzentrieren. Ich zitterte, ich musste hier raus und packte meine Sachen zusammen. Ich ging zur Personalchefin und fragte ob ich früher gehen konnte, weil es mir nicht gut gehe. Die Personalchefin nickte und sah mich eigenartig an. Sie wusste, dass meine Mutter auf der Intensivstation lag, es hatte sich schnell herumgesprochen. Ich lief die zwei Stockwerke hinunter und hoffte niemanden zu begegnen. In der Telefonzentrale gab ich noch schnell Bescheid, dass ich nicht mehr zu erreichen bin. Dann stürzte ich hinaus und die Tränen rannen mir übers Gesicht. Ich fuhr mit dem Rad nach Hause. Die Uhr zeigte 10 Uhr. Ich wusste nicht mehr wie ich die fünf Kilometer nach Hause schaffte, ich weinte ununterbrochen. Als ich nach Hause kam war Jürgen nicht da und ich legte mich auf die Couch. Ich weinte noch immer und es tat mir gut und ich bemerkte wie sich der Stress der letzten beiden Tage löste. Die Tür ging auf und Jürgen kam vom Laufen zurück. Er sah mich verheult auf der Couch sitzen und versuchte mich zu trösten aber ich konnte nicht aufhören zu weinen. Es war als hätten sich die Tränen aufgestaut.

„Muss sie sterben?" fragte ich Jürgen und er sah mich fassungslos an.

„Ich weiß es nicht", sagte Jürgen. Er sah mich an, weil ich völlig meine Beherrschung verloren hatte, dann blickte er auf die Uhr und fragte mich, warum ich schon hier wäre. Ich erzählte ihm, dass ich mich nicht mehr auf die Arbeit konzentrieren konnte. Langsam beruhigte ich mich und als ich wieder normal sprechen konnte ohne wieder heftig zu schluchzen, rief mein Bruder an. Er erklärte, dass er im Spital angerufen hatte und wir könnten Mama heute besuchen. Wir vereinbarten uns um fünfzehn Uhr vor dem Spital zu treffen um gemeinsam zur Intensivstation zu gehen. Die Zeit verging langsam und ich versuchte zu schlafen. Ich war von dem vielen Weinen erschöpft und nickte ein wenig ein.

Um vierzehn Uhr dachte ich daran, dass der Postkasten von Mama nicht geleert wurde und Jürgen und ich fuhren zur Wohnung, holten die Post und fuhren ins Spital. Wir warteten fünf Minuten bis Herwig kam. Keiner von uns wollte reden und so gingen wir schweigend zur Intensivstation. Wir läuteten und warteten auf die Schwester. Ein Pfleger öffnete uns die Tür und mein Bruder und ich gingen hinein. Der Pfleger wies uns an, die Hände zu waschen und uns weiße Mäntel anzuziehen. Mein Bruder fragte wie es unserer Mutter ginge. Der Pfleger ging mit uns zum Bett und versprach einen Arzt zu holen damit wir mit ihm sprechen konnten. Mama lag im Bett und sah genauso aus wie am ersten Tag. Die Haare waren zurückgekämmt und sie hatte die Augen geschlossen. Schläuche gingen in den Mund und in die Nase. Der Mundschlauch war mit weißem Pflaster angeklebt und rund ums Pflaster war die Haut stark gerötet und sah aus, als hätte sie geblutet. Erst jetzt sah ich hinter ihrem Kopf große Spritzen in denen verschiedene Flüssigkeiten waren. Diese rannen durch Schläuche, die auf einen Schlauch zusammenliefen und in ihre Nase flossen. Ihre Bettdecke lag über der Brust und auch an ihrem Arm waren mehrere Injektionen angebracht. Mir wurde schlecht. Ich versuchte mich mit autogenem Training zu beruhigen. Der Arzt kam und redete mit meinem Bruder und ich hörte zu. Der Arzt erzählte uns, die Operation sei gut verlaufen, jedoch befürchten sie noch einige nachfolgende Hirninfarkte. Wir bedankten uns beim Arzt und der Pfleger der meiner Mutter zugewiesen war, erklärte uns, dass sie im künstlichen Tiefschlaf lag und ein Mittel gegen Muskelverkrampfung bekommen habe. Das heißt, sie konnte die Muskeln und daher ihren ganzen Körper nicht bewegen, aber wir sollten mit ihr sprechen und sie berühren. Ich fragte, warum sie so einen furchtbaren Ausschlag im Gesicht hatte und der Pfleger erklärte, dass sie allergisch auf das braune Pflaster reagiert hätte. Ich berührte vorsichtig ihren Arm und bemerkte erstaunt, dass ihr Arm ganz warm war. Ich hatte einen kalten Arm erwartet wie bei einem Toten. Auch die Hände waren mit Nadeln versehen und auch hier hatten sie weißes Pflaster zur Fixierung der Nadeln angebracht. Rund um das Pflaster war ein furchtbarer Ausschlag, sogar Blasen hatten sich gebildet. Ich sprach zu Mama.

„Du hattest einen Unfall mit dem Fahrrad und du bist jetzt im Spital. Du musst viel schlafen, weil du am Kopf operiert worden bist. Wir besuchen dich jeden Tag und du wirst wieder ganz gesund." Herwig sprach weiter. „Das wird wieder." Ich sagte.

„Wir müssen jetzt gehen und wir kommen morgen wieder."

Ich sah sie an und fragte mich, ob sie mich hören konnte. Wir gingen und ich war froh als wir wieder im Warteraum waren. Ich erzählte Jürgen alles und wir fuhren wieder nach Hause. Daheim versuchte ich etwas zu essen. Ich hatte keinen Hunger aber ich bemühte mich ein Wurstbrot zu essen. Jürgen machte sich bereits Sorgen, weil ich zu wenig aß. Draußen war es warm und ich hatte keine Lust hinaus zu gehen. Jürgen fragte mich, ob wir auf einen Kaffee fahren würden, aber ich war nicht in der Verfassung unter Leute zu gehen. Ich schickte ihn alleine weg, er hatte schließlich noch Urlaub und musste sich erholen. Ich versuchte mich abzulenken und holte mir vom Dachboden die Wäsche um zu bügeln. Als ich die Hose und die Bluse von Mama in den Händen hielt, wurde ich richtig traurig. Ich bügelte die Hose und überlegte. Würde sie die Hose je wieder anziehen können? Die Bluse faltete ich nach dem Bügeln perfekt zusammen und legte alles ordentlich in meinen Schrank. Immer wieder sah ich das Bild von Mama vor mir und ich spürte mein Herz klopfen. Jürgen kam nach Hause und wir redeten über Mama und nachher fühlte mich ein wenig besser. Wir sahen noch fern und ich ging bald ins Bett. Ich konnte nicht einschlafen.

Freitag, 2. August 2002

Der Wecker klingelte. Sechs Uhr. Ich schlüpfte aus dem Bett und machte mich für die Arbeit fertig. Ich dachte an Mama und ob sie die Nacht überstanden hatte. War sie schon tot, lebte sie noch, war sie ansprechbar? Ich zitterte und konnte mich nicht mehr beruhigen. Jürgen kam aus dem Schlafzimmer, setzte sich zu mir und fragte was los sei. Ich schüttelte den Kopf. Jürgen sagte, ich solle mich beruhigen und vielleicht wird sie wieder gesund. Er war sich also auch unsicher. Jürgen sagte ich muss in die Arbeit gehen, aber ich war einfach nicht fähig dazu. Ich lag auf der Couch und konnte nicht klar denken. Als ich mich einigermaßen beruhigt hatte, rief ich in der Firma an und meldete mich krank. Um acht Uhr rief ich meinen Hausarzt an und erzählte ihm von meiner Mutter und das es mir psychisch schlecht ging. Meine Mutter war auch bei ihm in Behandlung und der Arzt war erschüttert. Er schrieb mich krank und verschrieb mir Beruhigungstabletten. Mein Mann fuhr zum Arzt und holte mir die Krankmeldung und die Tabletten. Ich war froh das Jürgen noch Urlaub hatte, weil ich war nicht fähig zum Arzt zu fahren. Ich rief Herwig an und wir verabredeten uns wieder im Spital. Meine Schwester würde auch kommen. Er berichtete, dass heute wieder eine Computertomographie bei unserer Mutter vorgesehen wäre.
Ich war erleichtert, dass ich im Krankenstand war und nicht zur Arbeit musste. Ich versuchte mich zu entspannen und zu schlafen. Der Tag verging sehr langsam und ich erledigte die liegengebliebene Hausarbeit. Als es endlich vierzehn Uhr fuhren wir ins Krankenhaus. Meine Geschwister warteten dort bereits auf mich. Wir klingelten und eine Schwester machte auf. Sie erkläre uns, dass unsere Mutter

gerade bei der Tomographie sei und es noch ungefähr eine Stunde dauern würde. Wir sollten sie morgen besuchen, denn falls wieder etwas gefunden würde, könnte es noch länger dauern. Wir nickten und sagten, wir würden abends anrufen. Dann gingen wir wieder bedrückt und beunruhigt, denn jeder hatte sich auf den Besuch eingestellt. Irgendwie war ich auch erleichtert, da mir bei den Besuchen immer übel wurde. Wir fuhren wieder nach Hause. Zuhause legte ich mich wieder auf die Couch, unfähig irgendetwas zu tun. Mein Bruder rief um neun Uhr abends an, er hatte im Spital angerufen, aber er konnte mir nichts Neues mitteilen. Der Zustand von Mama war unverändert. Ich rief Oma an und erzählte ihr, dass der Zustand von Mama unverändert sei. Ich sagte, sie solle sich keine Sorgen machen, sie wäre im Spital in guten Händen. Oma bedankte sich und fragte, wann sie ihre Tochter endlich besuchen könnte. Ich verneinte und erklärte ihr, dass nur wir Kinder in die Intensivstation dürften. Das war eine glatte Notlüge. Ich wollte meiner Oma die Aufregung ersparen. Ich verabschiedete mich und legte auf.

Samstag, 3. August 2002

Ich wachte erst um neun Uhr auf und der Schlaf hatte mir gutgetan. Jürgen und ich fuhren einkaufen und ich versuchte mich abzulenken und nicht immer an Mama zu denken. Ich hatte mit meinen Geschwistern vereinbart, wir würden uns beim Krankenhaus treffen. Es war sehr heiß und Jürgen hatte in der letzten Urlaubswoche kaum Entspannung. Wir beschlossen daher nach dem Spitalsbesuch noch ins Schwimmbad zu fahren, wenn der Zustand von Mama stabil blieb. Der Tag verging mit Erledigungen ziemlich schnell und wir fuhren ins Krankenhaus. Dort angekommen mussten Jürgen und ich nur kurz auf die Beiden warten und wir gingen zur Intensivstation. Wieder klingeln, warten, Hände waschen, Mantel anziehen. Mein Bruder und ich gingen hinein und meine Schwester wartete inzwischen mit Jürgen im Wartezimmer. Wir gingen zum Bett von Mama und sie lag unverändert da und hatte die Augen immer noch geschlossen. Der Mund stand weit offen und ich fragte mich wie lange sie diesen Beatmungsschlauch noch haben würde. Wenn sie plötzlich den Mund schließt, würde sie in das Metallstück des Beatmungsschlauchs beißen. Hatte sie reflexartig den Mund geöffnet, weil sie spürte, dass sie etwas im Mund hatte oder liegt sie im Koma und konnte sie ihren Körper nicht selbst steuern? Ich wusste es nicht. Ihr Gesicht war immer noch mit roten Flecken übersät und teilweise blutig. Es sah aus als hätte sie sich gekratzt. Unter dem Arm hatte sie eine Schaumstoffrolle um das Wundliegen zu vermeiden. Am Arm war eine Kanüle in die farblose Flüssigkeit floss. Ich hatte keine Ahnung was in ihrem Körper alles hineingepumpt wurde. Am Finger hatte sie eine Klammer, die wie eine Wäscheklammer angebracht war. Von der Klammer ging ein Kabel weg das in eine Maschine hineinführte. Ich sah mich um und bemerkte zwei Geräte an dem Herz, Puls, Atmung und Blutdruck angezeigt waren. Es schien alles normal und ich wusste nicht ob Mama selbst atmete oder ob die Maschinen dies übernahmen. Ein Arzt kam zu uns. Er machte ein sorgenvolles Gesicht und erzählte.

„Ihre Mutter hat wieder zwei Hirninfarkte erlitten, wie die gestern gemachten Bilder zeigten. In der Nacht setzte auch die Atmung vollständig aus. Sämtliche Funktionen die vom Gehirn gesteuert werden, haben jetzt die Maschinen übernommen. Wir hoffen, dass wir sie durchbringen." Ich sah den Arzt an und war nicht fähig irgendetwas zu fragen. Ich bedankte mich nur für die Information. Der Arzt ging wieder und wir standen da und wussten nicht was wir tun sollten. Ich berührte ihren Arm und er war warm. Wieder hatte ich erwartet, der Arm würde kalt sein. Ich sagte zu Herwig, dass ich rausgehe und meine Schwester holen würde. Er nickte und sah unsere Mutter hilflos an. Ich ging raus und der Gang zog sich furchtbar lange. Mir war richtig übel und ich hatte Angst das meine Beine ihren Dienst versagten. Ich öffnete das Wartezimmer wo mich Jürgen und Gudrun erwartungsvoll ansahen. Ich erzählte ihnen, dass es nicht gut aussehe und half Gudrun in den Mantel den ich vorher getragen hatte. Sie ging hinein. Ich setzte mich zu Jürgen. Wir waren alleine im Wartezimmer und ich erzählte ihm was der Arzt sagte. Kurz darauf kamen meine Geschwister wieder heraus und wir gingen schweigend zum Parkplatz.

„Kann man mit einer dauernden Beatmung leben?" fragte Gudrun und ich antwortete.

"Ja, das habe ich schon im Fernsehen gesehen das ist möglich." Wir schwiegen wieder und ich sagte wir sehen uns morgen um die gleiche Zeit. Herwig erklärte er hätte morgen keine Zeit aber er würde heute noch am Abend im Spital anrufen und uns dann Bescheid geben. Wir nickten und stiegen ins Auto. Wir fuhren nicht baden.

Zuhause versuchte ich zu essen, ich hatte keinen Appetit aber ich musste etwas essen. Jürgen machte sich wieder eine Pizza und ich versuchte ein Stück davon. Mein Hals war wie zugeschnürt und mir war immer übel. Irgendwie würgte ich die Pizza hinunter. Wir saßen beim schönsten Wetter zu Hause und Jürgen fragte ob er zu einem Freund fahren könne oder ob er bei mir bleiben solle. Ich sagte, er solle fahren, ich würde versuchen ein wenig zu schlafen. Als Jürgen ging, dachte ich wieder an Mama und musste weinen, aber inzwischen merkte ich, dass Weinen mir half den Stress abzubauen. Ich dachte an Montag und dass ich wieder in die Arbeit gehen sollte, aber ich war noch völlig fertig. Ich wusste das Mama noch immer nicht außer Lebensgefahr war, denn wir hatten erst den fünften Tag und die ersten vierzehn Tage bestand laut den Ärzten immer noch akute Lebensgefahr. Irgendwann schlief ich ein und wachte erst auf als mein Mann nach Hause kam. Es war kurz vor zwanzig Uhr und wir schalteten den Fernseher ein. Im Fernsehen sah man Bilder von Toten im Krieg und ich konnte es mir einfach nicht ansehen. Ich wechselte zu einem anderen Sender. Um neun Uhr läutete das Telefon. Ich erschrak den ich musste jederzeit mit einer schlimmen Nachricht vom Spital rechnen. Mein Herz klopfte und meine Hände wurden feucht. Ich nahm den Hörer ab. Mein Bruder sagte mir, dass es unserer Mutter unverändert ging. Ich atmete tief durch. Gott sei Dank, sie lebte noch!

Sonntag, 4. August 2002

Natürlich schlief ich lange. Als ich aufwachte, war der erste Gedanke wie es Mama ging. Lebte sie noch? Ich versuchte mich zu beruhigen und stellte mich unter die Dusche und ließ warmes Wasser über meinen Körper laufen. Es war angenehm und ich bemerkte erst jetzt wie dünn ich war. Nach dem Abtrocknen stellte ich mich auf die Waage und erschrak. Ich hatte vier Kilo abgenommen. Mir war es schon an der zu weiten Kleidung aufgefallen, aber mit vier Kilo in sechs Tagen hatte ich nicht gerechnet. Wir frühstückten und Jürgen schlug einen Spaziergang vor. Draußen war es noch angenehm kühl und die Bewegung tat mit gut. Als wir zurückkamen rief ich Gudrun an und wir vereinbarten, uns wieder um die gleiche Zeit wie gestern zu treffen. Der Tag verging schnell und Jürgen hoffte, dass wir heute nach dem Spital ins Schwimmbad fuhren. Morgen musste er wieder arbeiten. Wir packten das Badezeug ein und fuhren zum Spital. Gudrun war noch nicht da und wir setzten uns in den Schatten auf eine Bank. Als Gudrun kam, gingen wir wieder den gleichen langen Weg zur Station. Ich dachte, wie oft würde ich noch diesen Weg gehen. Dann sah ich dieses Schild am Gang hängen. Bisher war es mir noch nie aufgefallen. Pathologie stand auf den Schild und ich spürte ein leichtes Frösteln am Körper obwohl es sehr heiß war. Hoffentlich musste ich nie in diesen Raum. Als wir ankamen, wieder die gleiche Prozedur. Klingeln, Hände desinfizieren, Mantel anziehen, der Schwester folgen. Mama lag da und starrte an die Decke. Erst jetzt bemerkte ich, dass sie die Augen geöffnet hatte. Aber sie starrte geradeaus als ob sie uns nicht wahrnehmen konnte. Ich berührte sie und sprach.

"Mama, du hattest einen Unfall mit dem Fahrrad und du bist jetzt im Spital, aber du wirst wieder ganz gesund, aber das dauert noch ein paar Tage. Sie lag da und starrte an die Decke. Sie zwinkerte nicht und ihr Blick war völlig leer. Ich hielt meine Hand über ihre Augen und bewegte meine Finger. Kein Zwinkern, keine Reaktion. Sie starrte nur geradeaus und die Pupillen waren klein und das Gesicht hatte einen leeren Ausdruck wie der einer Toten. Gudrun stand gegenüber von mir auf der anderen Seite des Bettes. „Wir kommen dich jeden Tag besuchen", sagte sie zu ihr, als würde sie jedes Wort verstehen. Ein Pfleger kam zu uns ans Bett und überprüfte die Geräte und steckte eine Klammer die Mama am Zeigefinger hatte, auf den Daumen. Ich sah das der Zeigefinger rot war und eine Druckstelle hatte. Ich fragte warum sie die Klammer tragen müsse. Der Pfleger erklärte, dass damit der Puls gemessen würde. Ich sah mir die Geräte näher an. Es wurden Blutdruck, Puls und Atmung gemessen und der Blutdruck war mit 180 sehr hoch. Ich fragte den Pfleger ob der Blutdruck nicht zu hoch sei und der Pfleger erklärte, dass dies so gewollt ist um eine stärkere Durchblutung des Gehirns zu erreichen um die Heilung zu beschleunigen. Außerdem wurde die Atmung aufgezeichnet und ich sah, wenn sich der Brustkorb von Mama hob, eine Linie am Computer die sich zu einem Bogen wellte. Der Brustkorb hob sich sehr flach, wenn das Gerät wieder Luft in die Lungen füllte. Der Pfleger sagte, wir sollten mit ihr sprechen und sie berühren. Ich fragte ob sie uns hören oder fühlen konnte. Der Pfleger erklärte, dass man nicht so genau weiß was das Unterbewusstsein aufnimmt, aber sie würden auch mit ihr reden da Reize ans Gehirn durch Laute oder Berührungen möglicherweise von ihrem Unterbewusstsein aufgenommen würde. Ich sagte, dass sie sehr schwerhörig sei und man müsse direkt ins Ohr sprechen damit sie etwas verstehe. Der Pfleger sagte, gut dass er das weiß damit sie in Zukunft lauter mit ihr sprechen, und er werde die Schwerhörigkeit in den Akt eintragen. Er fragte auch, ob sie an beiden Ohren gleich schlecht höre oder ob eines besser wäre. Ich versprach, mich bei ihrem Ohrenarzt zu erkundigen. Ich stellte mich zum Kopf und bückte mich zu ihrem Ohr hinunter. Ich sprach zu ihr ganz dicht am Ohr.

„Du wirst wieder ganz gesund, du hattest einen Unfall mit dem Fahrrad und du bist am Kopf operiert worden. Wir kommen dich jeden Tag besuchen. Auch schöne Grüße von Oma soll ich dir ausrichten. Gudrun sah mich befremdet an." Ich sagte zu Gudrun das Mama das sicher hören wollte. Wir blieben noch und berührten sie am Arm. Ich traute mich nicht sie im Gesicht zu berühren, aus Angst sie würde sich bewegen und durch die Schläuche in ihren Mund und der Nase Schmerzen haben. Wir verabschiedeten uns und gingen. Jürgen fragte mich ob ich baden fahren wollte. Ich bejahte und wir fuhren ins Freibad. Ich tauchte gleich ins angenehm kühle Wasser und schwamm ein paar Runden. Es war sehr erfrischend und mir tat diese Abwechslung gut. Als wir nach Hause kamen, rief ich Oma an und erzählte ihr, dass es Mama unverändert ging. Ich hatte den Eindruck, dass Oma mir nicht glaubte und mir fiel plötzlich eine gute Erklärung ein. Ich sagte.

"Mama hat am Hinterkopf einen großen Bluterguss und es dauert laut Auskunft der Ärzte ungefähr vierzehn Tage bis dieser abheilt. Das Blut drückt auf die Nerven und daher ist sie nicht in der Lage ihren Körper zu steuern. Es ist möglich, dass ich dir daher in den nächsten Tagen nichts anders sagen kann, als dass ihr Zustand unverändert ist. Jetzt muss der Bluterguss abheilen und dann sieht man weiter. Mama ist gut aufgehoben im Spital und die Ärzte und die

Schwestern kümmern sich sehr gut um sie." Oma gab sich mit der Erklärung die auch stimmte, zufrieden und sie klang auch nicht mehr beunruhigt. Sie bedankte sich für den Anruf und ich versprach ihr, sie nächsten Tag wieder zu informieren. Die zwei Hirninfarkte und dass sie nicht mehr alleine atmen konnte erwähnte ich nicht.

Montag, 5. August 2002

5.30 Uhr. Der Wecker klingelte. Jürgen stand auf. Ich
vergrub mich noch im Bett, ich konnte noch eine halbe
Stunde schlafen. Als Jürgen um sechs Uhr zur Arbeit
fuhr, stand ich auf und ging ins Bad. Ich sah seit einer
Woche furchtbar aus. Ich dachte an Mama. Lebte sie
noch, wie ging es ihr, war sie bereits aus dem Koma
erwacht? Ich stellte mir diese Fragen jeden Tag
mehrmals. Nein, ich konnte nicht zur Arbeit gehen. Ich
sah schrecklich aus und so fühlte ich mich auch. Ich
beschloss noch zu Hause zu bleiben. Ich rief meinen
Bruder an und erklärte, dass ich noch im
Krankenstand wäre und ich könnte die Anrufe im
Spital übernehmen. Er war sichtlich erleichtert darüber
und so übernahm ich die Anrufe im Spital. Ich rief
gleich im Krankenhaus an und erkundigte mich über
das Befinden von Mama. Die Schwester durfte mir
keine Auskunft geben und so verband sie mich mit
einem Arzt. Der Arzt erklärte.
"Ihre Mutter wird heute wieder operiert. Die
Nervenflüssigkeit läuft nicht ab und wir müssen eine
Drainage im Kopf legen um die Flüssigkeit ablaufen zu
lassen. Sie wird vorrausichtlich am Vormittag operiert,
aber sie können am Nachmittag nochmals anrufen,
wie die Operation verlaufen ist." Ich bedankte mich für
die Auskunft. Ich war fassungslos. Warum musste sie
wieder operiert werden, warum hat uns das gestern
keiner gesagt? Ich ging zur Couch und setzte mich.
Die Tränen rannen über mein Gesicht und ich musste
laut schluchzen. Warum? Immer wieder dachte ich,
warum sie? Es gibt so viel böse und egoistische
Menschen, denen nie etwas schlimmes passiert.
Mama tat niemanden etwas Böses. Ich zweifelte an
der Gerechtigkeit im Leben. Irgendwann schlief ich
erschöpft ein. Als ich aufwachte war es bereits Mittag

und ich musste mich etwas ablenken. Ich begann zu putzen. Als ich Staub gewischt hatte und mit dem Staubsauger durch die Wohnung fuhr, fiel mir plötzlich ein, dass ich am Fundamt anrufen könnte, wegen Mamas Fahrrad. Ich wusste ungefähr wie es aussah und ich suchte mir die Telefonnummer heraus. Ich wählte die Nummer und eine Frau hob ab. Ich erzählte ihr, dass meiner Mutter das Fahrrad irgendwo abstellte als sie bewusstlos wurde und hoffte, dass irgendjemand das Rad abgegeben hätte. Leider verneinte die Frau, aber sie sagte ich solle es in einer Woche nochmals versuchen, vielleicht wäre es dann hier. Ich bedankte mich und legte auf. Ich wusste, das Fahrrad war für Mama sehr wichtig und vielleicht wurde es doch nicht gestohlen. Darum bemühte ich mich das herauszufinden. Ich dachte, wenn Mama wieder gesund wurde könnte sie möglicherweise wieder Rad fahren. Aber jetzt müsste sie zuerst einmal selbst atmen! Ich war also noch meilenweit entfernt von der Vorstellung des Radfahrens. Aber ich hoffte. Die Zeit vertrieb ich mir weiter mit Wäsche waschen und putzen, so konnte ich mich ein wenig ablenken. Um 17 Uhr rief ich wieder im Spital an. Die Schwester erklärte das Mama die Operation gut überstanden hatte und wir dürften sie heute noch kurz besuchen. Ich rief Gudrun an und wir fuhren gemeinsam ins Spital. Als wir dort ankamen war es trotz der Abendzeit noch sehr warm. Wir gingen hinauf zur Station und redeten über Mama und über ihre Krankheit. Im Wartezimmer saß ein Mann in unserem Alter und ich fragte ihn, ob er schon geklingelt hätte. Er bejahte und wir warteten auf die Schwester. Als die Schwester den Mann abholte, fragten wir nach unserer Mutter und sie versprach jemanden zu schicken. Es dauerte zehn Minuten als endlich ein Pfleger kam und uns hineinließ. Wieder das gleiche Ritual, waschen, anziehen, dem Pfleger folgen. Wir gingen zum Bett von Mama und ich erschrak. Mama war der ganze Kopf rasiert worden und sie lag seitlich und es sah aus als hätte sie einen doppelt so großen Kopf wie normal. Seitlich am Oberkopf ging ein Schlauch direkt aus ihrem Kopf heraus. Der Schlauch war mit Bandagen umwickelt und hing hinter dem Bett hinunter und ich traute mich nicht nachzusehen, was sich am Ende des Schlauches befand. Die Kopfhaut rund um den Schlauch war gelb eingefärbt und ihr Gesicht war geschwollen. Sie lag da und hatte die Augen geschlossen. Der Pfleger kam und erklärte. „Die Nervenflüssigkeit konnte nicht abfließen und der Kopf ihrer Mutter füllte sich mit Wasser, und daher musste sie dringend operiert werden um das Wasser wieder abfließen zu lassen. Die Operation ist gut verlaufen und als die Drainage gelegt wurde, fing es gleich zu tröpfeln an. Die Flüssigkeit drückt auf das Gehirn und die Nerven und ihre Mutter hätte sonst einen Wasserkopf. Sie ist jetzt noch im Tiefschlaf, vielleicht können wir sie morgen aufwachen lassen." Ich war völlig fertig. Ein Wasserkopf! Mir fielen die Wasserköpfe der Kinder im Haus der Natur in Salzburg ein und mir wurde schlecht. Sie lag da und hatte zwei Schläuche in der Nase, je einen Schlauch in dem einen Nasenloch und einen Schlauch im anderen und Augen und Mund geschlossen. Der Mund war geschlossen! Erst jetzt fiel mir auf, dass der Schlauch aus dem Mund entfernt war. Wurde sie nicht mehr beatmet? Ich fragte den Pfleger warum die Beatmung nicht mehr im Mund war. Der Pfleger erklärte, dass der Schlauch jetzt durch die Nase gelegt wurde und sie immer noch nicht selber atmet. Ich hatte gehofft das sie selber atmete, aber das Gesicht sah nicht mehr so eigenartig aus, weil sie den Mund geschlossen hatte. Ich war erleichtert das sie den Mund geschlossen hatte und ich fand das dies irgendwie ein Fortschritt war.

Das Gesicht sah friedlicher aus, als könnte sie jetzt richtig schlafen. Gudrun und ich hielten uns abwechselnd zu Mamas Ohr und erzählten ihr wieder von ihrem Unfall mit dem Rad und dass sie am Kopf operiert worden sei. Mama hatte die Augen geschlossen und reagierte nicht. Wir verabschiedeten uns von Mama und fuhren nach Hause. Gudrun versprach Oma anzurufen und wir besprachen, was sie ihr erzählte. Wir blieben bei der Version mit dem Bluterguss. Als ich heimkam wartet Jürgen schon auf mich und ich erzählte ihm alles. Ich war sehr verzweifelt.

Dienstag, 6. August 2002

Als ich aufwachte war es bereits neun Uhr. Mein erster Gedanke galt immer meiner Mutter. Ich überlegte, ob vielleicht irgendjemand den Unfall gesehen hatte und mir fiel ein, dass dort wo die Gehirnblutung vermutlich passierte, eine Bäckerei war. Wenn ein Rettungswagen und der Notarzt im Einsatz waren musste es jemand gesehen haben. Ich beschloss dort anzurufen. Ich wählte die Nummer und eine Frauenstimme meldete sich. Ich fragte, ob ihr am 30. Juli vor der Bäckerei ein Rettungsauto aufgefallen wäre und ob sie von dem Unfall etwas gesehen hätte. Sie verneinte und ich legte enttäuscht auf. Vielleicht geschah der Unfall auf der anderen Seite der Bäckerei? Ich vertrieb mir die Zeit bis zum Spitalsbesuch mit bügeln und rief dann Gudrun an um einen Treffpunkt zu avisieren. Wieder war es sehr heiß und Gudrun hatte keine Klimaanlage im Auto. Auf der Intensivstation war es immer kühl, aber mit dem weißen Mantel darüber und beim Anblick von Mama wurde mir oft warm. Ich erzählte meiner Schwester vom Anruf in der Bäckerei und auch sie wunderte sich das keiner etwas gesehen hatte. Wir gingen zur Station und klingelten. Eine Schwester meldete sich und holte uns ab. Wir wuschen uns die Hände und zogen uns gegenseitig die weißen Mäntel an. Es gab zwei Arten von Mänteln. Einer war wie ein richtiger Mantel anzuziehen und vorne zum zuknöpfen. Der andere war wie eine Zwangsjacke anzuziehen und man brauchte dabei immer Hilfe um hinten die Bänder zu schließen. Auch beim Ausziehen brauchte man wieder Hilfe. Ich mochte diese Zwangsjacken nicht, aber heute hatten sie keine anderen im Regal liegen. Darum zogen wir uns gegenseitig an. Die Schwester ging vor und wir fragten nach dem Befinden von

Mama. Die Schwester erzählte uns, dass unsere Mutter einen ziemlich harten Schädelknochen hatte und die Ärzte brauchten lange um den Schädelknochen aufzubohren, um die Drainage ins Gehirn zu legen. Erst jetzt wurde mir bewusst, dass sie ihren Kopf aufgebohrt hatten. Inzwischen waren wir am Bett von Mama angekommen. Sie lag da und hatte die Augen geschlossen. Das Gesicht war geschwollen und sie lag seitlich gebettet. Die Decke war bis über der Brust gezogen und ein Arm lag auf dem rosa Schaumgummi und der andere Arm lag über der Decke als hätte sie sich gerade zugedeckt. Ich wusste das die Schwestern die Patienten für die Angehörigen immer schön herrichteten. Die Patienten waren immer gewaschen und der Schleim war abgesaugt, weil die Patienten wegen der Beatmung nicht schlucken konnten. Die Schwester erzählte uns, dass Mama Beruhigungsmittel und Schmerzmittel sowie eine Schlaftablette bekommen hätte. Ich beugte mich zum Kopf von Mama hinunter und erzählte.

„Du hast einen Unfall gehabt, darum haben sie dich am Kopf operiert, aber du wirst wieder ganz gesund. Wir kommen dich jeden Tag besuchen und bald wirst du wieder mit uns sprechen können." Ich hatte keine Ahnung ob sie mich verstand, oder bemerkte, dass wir da waren. Ich versuchte auch immer deutlich und laut an ihrem Ohr zu sprechen, weil sie fast taub war. Gudrun wünschte ihr gute Besserung. Es war absurd dies zu sagen aber wir glaubten fest daran, dass sie uns hören konnte. Wir blieben nicht lange, denn sie schlief durch die Tabletten sehr fest. Als wir wieder gingen erklärte Gudrun das sie morgen keine Zeit hätte und daher rief ich Herwig an, berichtete ihm die Neuigkeiten und wir verabredeten uns für nächsten Tag bei mir Zuhause. Ich rief Oma an und erzählte, dass der Zustand von Mama unverändert war.

Mittwoch, 7. August 2002

Ich war noch krankgeschrieben und mir ging es trotz der Beruhigungstabletten nicht gut. Es war immer noch sehr heiß und bei der Schwüle wünschte ich mir endlich Regen. Ich erledigte die Hausarbeit und legte mich dann auf die Couch. Mittags rief ich im Krankenhaus an und ersuchte um neue Informationen. Leider erklärte mir die Schwester, dass Mama Fieber hatte. Ich war beunruhigt und rief Jürgen in der Arbeit an, damit ich mit jemanden reden konnte. Jürgen war auch beunruhigt, aber er sagte man könne nichts tun, die Ärzte würden ihr sicher etwas gegen das Fieber geben. Ich wollte dann noch Oma anrufen, aber ich dachte ich würde noch warten bis wir Mama besucht hätten und dann wüsste ich sicher mehr. Außerdem war ich zu aufgewühlt. Die Zeit verging langsam, aber endlich war es 15 Uhr und Herwig holte mich ab. Ich war froh, dass er mich von Zuhause abholte, sonst müsste ich mit dem Bus zum Krankenhaus fahren und ich sah nicht gerade salonfähig aus. Herwig sah mich merkwürdig an, wahrscheinlich weil ich völlig fertig aussah, sagte aber nichts. Ich erzählte ihm, dass Mama hohes Fieber hatte und er fragte mich warum. Ich wusste es selbst nicht und wir nahmen uns vor den Arzt fragen. Als wir ins Krankenhaus kamen, fühlte ich mich unwohl. Ich hatte kaum etwas gegessen und viel zu wenig getrunken. Ich hatte einfach keinen Appetit. Es war sehr stickig im Krankenhaus und das Wartezimmer war leer, wir läuteten und ein Pfleger holte uns ab. Wir wuschen uns die Hände und zogen die Mäntel an. Wir gingen mit dem Pfleger hinein und fragten wie es Mama ginge. Der Pfleger erklärte.
„Frau Binder hat Fieber und sie bekäme Antibiotika." Wir standen nun beim Bett von Mama. Sie hatte die Augen geschlossen und schien zu schlafen. Ich

bemerkte, dass sie rote Punkte an den Armen hatte. Ich fragte den Pfleger wegen der Punkte und er erklärte, dass sie allergisch auf das Antibiotika reagiert hätte und am ganzen Körper diese roten Punkte waren. Die Ärzte mussten ihr daher ein anderes Antibiotikum verordnen. Das Fieber käme bei solch einem Eingriff in den meisten Fällen vor, da der Kopf geöffnet war und so Bakterien und Viren eindringen konnten. Sie hätte Streptokokken und daher das hohe Fieber. Ich stellte mir vor wie der Schlauch durch den Schädelknochen ins Gehirn ginge und die Bakterien sich ansiedelten. Mir wurde richtig schlecht. Ich spürte, dass ich gleich umfallen würde und sagte zu Herwig, dass ich dringend auf die Toilette müsse. Er sah mich erstaunt an und fragte ob ich es nicht noch fünf Minuten aushalten würde.

„Nein", erklärte ich bestimmt und ich hörte mich weit weg reden. Ich drehte mich um und ging zur automatischen Glastür. Es kam mir wie eine Ewigkeit vor bis die Tür aufging. Ich hörte nur noch ein Rauschen im Ohr und mir kamen zwei Schwestern entgegen. Die Schwestern sahen mich an und fragten ob es mir nicht gut gehe.

„Mir ist schlecht", sagte ich und meine Beine gehorchten mir nicht mehr. Die Schwestern nahmen mich links und rechts beim Arm und trugen mich in einen Raum der noch nicht mit Patienten belegt war, zu einem Bett. Sie legten mich darauf und um mich drehte sich alles. Ich schwitze und spürte wie mir das Shirt am Oberkörper klebte. Ich lag flach im Bett und meine Stirn war eiskalt und nass. Eine Schwester fragte, ob sie meinen Bruder verständigen soll und ich sagte ja, aber sie sollte nicht erwähnen, dass ich fast umgekippt sei. Ich lag da und mein Kopf füllte sich langsam wieder mit Blut. Ich bat die andere Schwester um ein Glas Wasser. Ich hörte jetzt wieder meine Stimme und das Rauschen im Kopf hatte aufgehört.

Mein Bruder kam rein. Er sah mich an und fragte was los sei. Ich erklärte.

"Mir wurde übel und daher sagte ich, dass ich auf die Toilette müsse aber dann war es schon zu spät und ich schaffte es nicht mehr bis zum Ausgang. Die Schwestern legten mich dann hier herein." Herwig fragte.

"Warst du jetzt schon auf der Toilette?" Ich erklärte. "Nein, ich musste ja gar nicht, ich sagte das nur um raus zu können. Wenn ich gesagt hätte mir ist schlecht und ich falle gleich um, wäre es schon zu spät gewesen und ich läge jetzt neben Mamas Bett am Boden."

Herwig sah mich erstaunt an und setzte sich auf einen Drehstuhl der im Zimmer stand und der noch in Plastik verpackt war. Er drehte sich ständig mit dem Drehstuhl im Kreis und sprach kein Wort. Durch die Glastür sah ich eine Ärztin kommen. Sie kam herein und sah mich überrascht an. Ich sagte.

"Mir wurde schlecht und die Schwestern haben mich hier reingelegt. Sie nickte und sagte, sie dachte sie hätte einen neuen Patienten bekommen. Ich lag da und Herwig drehte sich immer noch im Drehsessel. Die Ärztin sah ihn verwundert an und mein Bruder bemerkte es gar nicht. Ich sagte.

"Das ist mein Bruder, er wartet nur bis es mir wieder besser geht und ich aufstehen kann." Die Ärztin nickte wieder und ging. Mein Bruder drehte sich immer noch im Sessel. Mir kam das alles vor wie in einem Film. Die Schwester kam mit dem Glas Wasser und ich versuchte meinen Kopf etwas zu heben und trank. Ich war noch sehr benommen und legte mich wieder flach hin. Herwig hatte aufgehört sich im Sessel zu drehen und fragte ob er mich zum Auto tragen sollte. Ich sagte, er sollte nochmals zu Mama gehen, ich bleibe noch fünf Minuten liegen. Er nickte und ging. Ich lag da und starrte an die Decke. Mich fröstelte und ich

trank das restliche Wasser. Langsam ging es mir wieder besser. Als Herwig wieder kam konnte ich mich schon aufsetzen und wir gingen langsam zum Ausgang. Meine Beine waren noch sehr wackelig aber ich war froh, hinaus zu kommen. Herwig sagte.
"Du bist völlig weiß im Gesicht!" Ich zog meinen Mantel aus und sah mich in den Spiegel. Ich war weiß wie eine Wand. Meine Bluse war völlig durchnässt. Ich musste furchtbar geschwitzt haben. Herwig sagte ich solle morgen zu Hause bleiben, er werde mit Gudrun Mama besuchen. Ich war irgendwie erleichtert. Ich sollte mich wirklich einmal erholen. Irgendwie schämte ich mich, dass mir die Kreislaufschwäche passiert war. Aber ich konnte es nicht mehr ändern. Wir fuhren heim. Ich rief Oma an und erzählte ihr das Mama Fieber hätte, aber das sei normal, weil Bakterien in das Gehirn eingedrungen waren aber die Ärzte hätten das mit Antibiotika im Griff. Ich vermutete sie glaubte mir nicht. Von meiner Kreislaufschwäche erzählte ich ihr nichts.

Donnerstag, 8. August 2002

Heute musste ich nicht ins Spital. Meine Geschwister besuchten Mama. Ich rief meinen Bruder an und fragte wie es Mama gehe. Er erklärte mir, dass Sie immer noch hohes Fieber hätte und ziemlich erschöpft sei. Sie hatte die Augen offen und an die Decke gestarrt, die Pupillen waren starr und sie reagierte auf keine Weise. Sie dämmerte Tag und Nacht dahin und die Maschinen regelten nach wie vor ihre Körperfunktionen. Die Ärzte konnten uns keine Aussicht auf Besserung geben und wir wussten nicht ob sich ihr Zustand verbessert, verschlechtert oder gleichbleiben würde. Das Wichtigste wäre, dass sie endlich einmal selber atmen könnte. Ich war beunruhigt über die Nachricht, dass es ihr nicht besser ging. Die Drainage war in ihren Kopf und sonderte noch immer Wasser ab. Die Schwestern hatten sie teilweise nur mit einem kurzen Lacken zugedeckt, um das Fieber zu senken. Aber das Fieber blieb. Ich rief Oma an und erzählte ihr, dass der Zustand von Mama unverändert sei.

Freitag, 9. August 2002

Natürlich wollte ich heute wieder ins Krankenhaus. Mir
ging es nicht gut, aber ich wollte sie unbedingt sehen.
Ich dachte an die Worte des Arztes, dass die ersten
vierzehn Tage am kritischsten waren und sie war noch
lange nicht außer Lebensgefahr. Ich zählte jeden Tag.
Ich fuhr mit meiner Schwester ins Krankenhaus und
hoffte, dass es ihr heute besser gehen würde. Jeden
Tag war ich gespannt wie ihr Gesundheitszustand
war. Hatte sie Fieber? Konnte Sie auf irgendetwas
reagieren? Sah sie uns an? Atmete sie endlich selbst?
Oder ging es ihr schlechter? Wir kamen im
Krankenhaus an und gingen wieder die stickige
Treppe hinauf zur Intensivstation. Ich hatte für die
Belegschaft der Intensivstation Süßigkeiten
mitgenommen. Wir meldeten uns an und ein Pfleger
holte uns vom Warteraum. Ich übergab dem Pfleger
die Süßigkeiten und er bedankte sich und lachte. Ich
fragte wieviel Personal sie insgesamt seien und der
Pfleger erklärte, es würden ungefähr fünfzig Personen
auf der Station arbeiten. Ich dachte das nächste Mal
würde ich mehr Süßigkeiten mitnehmen. Wir wuschen
uns die Hände und zogen die weißen Mäntel an. Der
Pfleger sagte, sie kennen ja den Weg. Wir bejahten
und der Pfleger ließ uns alleine. Wir gingen den langen
Gang zur Glastür der Station und zu Mamas Bett. Als
wir dort waren, kam kurz darauf ein Arzt zu uns und
sagte.
"Wir haben ein Blutbild gemacht und laut den
Befunden kann man eine Besserung feststellen, die
wir nicht mehr erwartet haben. Auch ihre Temperatur
ist im Normalzustand. Wir werden morgen die
Drainage herausnehmen und auch versuchen den
Beatmungsschlauch zu entfernen und zu sehen, ob
sie bereits selbst atmen kann. Der Impuls vom Gehirn

zur Atmung ist da, aber derzeit noch zu wenig. Damit sie keine Schmerzen hat bekommt sie Morphium." Ich bedankte mich beim Arzt und freute mich wegen der guten Nachricht. Eine Schwester die ich noch nicht kannte, kam zu uns und erklärte.

"Ihre Mutter ist noch lange nicht über den Berg, freuen sie sich nicht zu früh denn sie kann immer noch schnell sterben." Ich war fassungslos. Ich fing mich aber gleich wieder und sagte mit fester Stimme obwohl mir jetzt zum Weinen zumute war.

"Wir wissen das sie jeden Tag sterben kann, aber wir geben die Hoffnung nicht auf, dass sie überlebt." Die Schwester sah mich an und antwortete.

"Meine Mutter hatte dasselbe und starb." Ich sah sie an und sagte nichts mehr. Die Schwester ging. Gudrun sagte zu mir.

"Musste sie das sagen, jetzt wo der Arzt uns wieder Hoffnung machte?"

Ich schüttelte den Kopf und wir sahen Mama an. Sie hatte die Augen geöffnet und sah uns starr direkt ins Gesicht. Oder bildete ich es mir nur ein, dass sie uns ansah? Ich hielt meinen Kopf zu ihrem Ohr und erzählte.

„Du hattest einen Unfall und sie haben dich am Kopf operiert und darum haben sie dir die Haare rasiert." Ich wünschte, ich könnte ihre Gedanken lesen. Konnte sich mich überhaupt verstehen? Wir wussten nicht ob sie alles verstand oder ob sie nichts mitbekam. Ich wusste, dass Morphium ein Rauschgift war und dachte ob sie wohl süchtig wurde? Mama schloss immer wieder die Augen und öffnete sie auch gleich wieder. Wir bemerkten, dass ihr das Sehen schon anstrengend wurde und verabschiedeten uns von ihr. Zuhause rief ich Oma an und erzählte ihr, dass Mama kein Fieber mehr hatte. Dass das Blutbild besser geworden ist erwähnte ich nicht, ich hatte Angst das es sich wieder verschlechterte.

Samstag, 10. August 2002

Es war wieder sehr heiß und Jürgen fuhr mich ins Krankenhaus. Wir wollten nachher ins Schwimmbad und nahmen die Badetasche mit. Gudrun wartete vor dem Spital und wir gingen zur Intensivstation und es war wie immer sehr schwül im Stiegenhaus. Im Wartezimmer meldeten wir uns an und warteten bis wir geholt wurden. Ich fragte Jürgen, ob er mit reingehen wollte, aber er verneinte. Die Schwester kam und wir zogen uns die Mäntel an, wieder erwischte ich einen Mantel der hinten wie eine Zwangsjacke zu schließen war. Nach dem Händewaschen fragten wir die Schwester wie es Mama ging. Sie erklärte, dass ihr Zustand seit gestern unverändert war. Wir gingen mit der Schwester in die Station und stellten uns zum Bett und sahen Mama an. Die Schwester rüttelte Mama bei den Schultern und rief.

„Frau Binder, Besuch ist da!" Ich erschrak, weil sie Mama so rüttelte. Mama öffnete die Augen und sah die Schwester an. Dann bemerkte sie Gudrun und mich. Sie sah uns an und fixierte uns mit den Augen. Tatsächlich sie sah uns direkt an, ich konnte es nicht glauben, ihre Pupillen waren plötzlich nicht mehr starr auf einen Punkt gerichtet, sondern bewegten sich hin und her. Ich konnte es kaum glauben. Hoffnungsvoll stellte ich mich zu ihrem Kopf, beugte mich zum Ohr hinunter und sprach.

„Hallo Mama, wir kommen dich besuchen, du hattest einen Unfall, die Ärzte haben dich am Kopf operiert und dich daher rasieren müssen." Ich sah ihr auf den Kopf und bemerkte, dass die Drainage weg war und auf dem Kopf nur ein weißes großes Pflaster klebte. Ich zeigte es Gudrun und fragte eine Schwester wann die Drainage entfernt wurde und ob das Nervenwasser wieder von selbst zirkulierte.

Die Schwester erklärte.

„Ihrer Mutter wurde gestern noch die Drainage herausgenommen. Sie fiel fast selbst heraus. Sie müssen abwarten ob das Wasser wieder von selbst abläuft."

„Und wenn nicht?" fragte ich.

„Dann müssen wir nochmals eine Drainage legen. Aber das kommt öfters vor." Mir fiel ein, dass der Arzt gestern sagte, sie wollten versuchen den Beatmungsschlauch herauszunehmen, ich fragte die Schwester:

"Haben sie auch versucht den Beatmungsschlauch zu entfernen?" Die Schwester macht ein bedrücktes Gesicht.

„Ja, aber sie kann nicht selber atmen." Ein Arzt kam zu uns und hörte zu, als wir über das Selbstatmen sprachen und erklärte uns.

„Wir haben gestern den Beatmungsschlauch entfernt, aber ihre Mutter wäre fast erstickt. Wir mussten ihn wieder neu durch die Nase legen. Sie kann nicht selber atmen. Morgen kommt ein HNO-Arzt und sieht nach ob vielleicht die Luftwege irgendwo verstopft sind." Ich bedankte mich beim Arzt für die Information, er nickte mir zu und ging. Ich sprach zu Mama.

„Kannst du meine Hand drücken?" Ich nahm ihre Hand in meine und drückte behutsam zu. Leider kam von ihr keine Reaktion. Gudrun versuchte es mit der anderen Hand aber auch da war keine Reaktionen. Wir waren verzweifelt. Mama lag schon zwölf Tage auf der Intensivstation und heute hatten wir zum ersten Mal Blickkontakt mit ihr, aber sonst gab es keine Reaktion. Sie schloss immer wieder die Augen und wir bemerkten, dass es sie anstrengte. Ich sagte.

„Schlaf jetzt, wir kommen dich morgen wieder besuchen, wenn du müde bist, mach die Augen jetzt zu." Sie sah mich an und schloss die Augen.

Ich sah Gudrun an. Hatte sie uns verstanden? Wir wussten es nicht. Plötzlich öffnete sie wieder die Augen.

„Wenn du müde bist schlaf einfach", sagte ich und sie schloss wieder die Augen. Gudrun und ich sahen uns erstaunt an. Hatte sie uns wirklich verstanden? Wir beschlossen Mama nicht weiter zu strapazieren und verabschiedeten uns bei ihr. Ich sah auf die Uhr. Wir waren 20 Minuten bei ihr gewesen. Wir gingen hinaus und redeten. Hatte sie uns verstanden? Wir vereinbarten, dass ich heute noch im Spital anrufen werde und dann Gudrun Bescheid gebe. Herwig hatte heute keine Zeit, aber er würde sich melden. Jürgen und ich fuhren baden und Gudrun fuhr heim. Ich war froh über die Abwechslung im Bad und das Schwimmen im kalten Wasser war sehr angenehm und entspannend. Ich redete mit Jürgen über Mama und versuchte auf der Liege eine Zeitschrift zu lesen. Wir fuhren vom Bad noch auf ein Eis. Dann gingen wir noch ein wenig spazieren und redeten wieder über Mama. Als wir spät abends heim kamen aßen wir und bald war es 21 Uhr. Ich rief auf der Station an. Ich erkundigte mich bei der Schwester nach Mama. Sie erzählte.

„Wissen sie schon, dass sie reagiert hat?" Ich wusste nicht was die Schwester meinte und fragte nach.

„Wie reagiert hat?"

„Sie hat die Zunge herausgestreckt."

„Wie meinen sie das?" fragte ich.

„Ihre Mutter hat auf Befehl die Zunge rausgestreckt." Ich sagte nichts.

„Wir haben gesagt, Frau Binder strecken sie die Zunge raus und ihre Mutter hat es getan." Ich war völlig überwältigt.

„Das ist ja eine tolle Nachricht", presste ich hervor, ich danke ihnen vielmals, danke." Schnell legte ich auf und schluchzte. Jürgen war geschockt und fragte was los sei. Unter Tränen erzählte ich ihm was ich gerade von der Schwester erfahren hatte. Jürgen sah mich überrascht an.

„Warum weinst du dann, das ist doch eine gute Nachricht."

„Ja", schluchzte ich, „aber ich habe nicht damit gerechnet und außerdem ist das alles so furchtbar und ich freue mich darüber."

Ich redete wirres Zeug und Jürgen sah mich immer noch erstaunt an. Ich musste es gleich Oma erzählen und meiner Schwester und meinen Bruder. Ich war völlig aufgelöst. Ich weinte und lachte und konnte es nicht glauben, dass Mama endlich reagiert hatte. Jürgen sagte ich solle mich doch beruhigen. Ich nahm meine Beruhigungstropfen und atmete tief durch. Nach zehn Minuten hatte ich mich soweit im Griff, dass ich Gudrun anrufen konnte. Ich erzählte Gudrun, dass es gute Neuigkeiten gab. Gudrun drängte mich endlich zu erzählen. Ich sagte ihr was mir die Schwester erzählt hatte und Gudrun war völlig sprachlos.

„Wirklich?" fragte sie. Auch sie stellte sich genauso blöd an wie ich und ich erzählte es ihr nochmals. Sie konnte es auch nicht fassen und wir redeten und redeten immer das gleiche.

„Warum die Zunge?" fragte Gudrun.

„Warum nicht", fragte ich. Wir waren glücklich. Als wir das Telefonat beendeten, musste ich wieder weinen. Jürgen schüttelte den Kopf, er verstand mich nicht. Ich versuchte mich wieder zu beruhigen und rief Oma an. Ich erzählte ihr alles und Oma fing gleich zu weinen an.

„Wenn du weinst, muss ich auch weinen", sagte ich und wir redeten und weinten. Oma war glücklich. Sie sagte, sie müsse gleich ihre Kinder anrufen. Inzwischen war es 22 Uhr geworden und ich wartete auf den Anruf von Herwig. Kurz darauf rief er an. Ich erzählte ihm alles und auch er war völlig überrascht.

Auch er kämpfte mit seiner Stimme und war überwältigt von der guten Nachricht, aber er hatte sich gleich wieder im Griff. Wir waren alle erleichtert. Heute würde ich bestimmt gut schlafen.

Sonntag, 11. August 2002

Heute trafen sich Jürgen und ich mit meinen Geschwistern im Krankenhaus. Wir vereinbarten, dass wir abwechselnd ins Zimmer gingen, weil nur immer zwei Personen anwesend sein durften. Ich ging zuerst mit meiner Schwester hinein. Wir stellten uns neben das Bett und Mama hatte die Augen geschlossen. Ich sagte.

"Hallo Mama, wir sind wieder zu Besuch." Plötzlich öffnete sie die Augen und drehte den Kopf in meine Richtung. Sie sah mich direkt an. Ich war völlig überrascht, weil sie den Kopf drehte. Gudrun sagte. „Mama ich bin auch da." Mama drehte den Kopf auf die andere Seite und sah Gudrun an. Wir sahen uns an und freuten uns, weil sie den Kopf bewegen konnte. Ich erzählte ihr, dass sie einen Unfall mit dem Rad hatte und dass sie ihr den Kopf rasierten, weil sie operiert wurde. Mama sah mich aufmerksam an als würde sie alles verstehen. Wir erzählten weiter, dass es Oma und ihrer Schwester Gerlinde gutging und dass es draußen sehr warm sei. Wir sagten ihr, dass sie viel schlief und sich noch erholen müsste. Aber sie würde wieder ganz gesund. Ich nahm ihre Hand und fragte Mama ob sie meine Hand drücken könne. Mama sah mich an, aber ihre Hand hing schlaff in meiner Hand. Ich wusste nicht, ob sie die Hand nicht bewegen konnte oder ob sie mich nicht verstand. Ich wiederholte meine Frage nochmals und drückte ihre Hand langsam zu. Sie sah mich an aber es kam sonst keine Reaktion. Gudrun sagte.

„Kannst du die Zunge herausstrecken?" Mama wendete den Kopf von mir weg und sah Gudrun an. Aber sie streckte die Zunge nicht heraus. Ich verabschiedete mich von Mama und ging ins Wartezimmer um meinen Bruder zu holen. Ich erzählte ihm gleich die gute Nachricht, dass unsere Mutter den Kopf drehen konnte. Herwig freute sich auch sehr. Er ging hinein und ich wartete mit Jürgen im Wartezimmer. Nach 15 Minuten kamen meine Geschwister wieder heraus. Herwig sagte, dass er mit einem Arzt gesprochen hätte und dieser meinte, dass unsere Mutter für die lange Zeit die sie schon auf der Station lag noch viel zu wenig reagierte.

„Sie tut zu wenig", sagte der Arzt. Mein Bruder fragte nach dem Zustand von Mama und ob es sich noch bessern könnte. Der Arzt erklärte.

"Im besten Fall kann sie wieder gesund werden, aber wie weit sie wieder selbständig leben kann, ist wegen der sehr großflächigen Gehirnblutung nicht zu beantworten. Ich traue mir hier keine Diagnose zu stellen." Herwig fragte.

„Und im schlimmsten Fall?" Der Arzt antwortete.

"Im schlimmsten Fall bleibt sie so wie sie jetzt ist, ein Pflegefall." Als mir Herwig das erzählte fiel ich wieder von himmelhoch ganz tief hinunter. Ich hatte mich so gefreut, weil sie den Kopf drehen konnte, aber für den Arzt war es so gut wie nichts. Mama lag jetzt seit genau dreizehn Tage auf der Intensivstation und morgen würde die Zeit abgelaufen sein, in der die Lebensgefahr vorüber wäre. Bedrückt gingen wir zum Parkplatz und Gudrun und ich verabredeten uns für Montag um wieder ins Krankenhaus zu fahren. Ich redete mit Jürgen darüber, falls sie in diesem Zustand bleiben würde, müssten wir uns überlegen wie wir weiter verfahren werden. Jürgen beruhigte mich und sagte wir werden abwarten wie sich ihre Genesung weiterentwickelt und dann machen wir uns Gedanken darüber. Ich machte mir große Sorgen über die jetzige Situation und ich wollte nicht, dass sie in ein Pflegeheim kommt. Zuhause rief ich Oma an und erzählte ihr, dass Mama den Kopf gedreht hatte. Von dem Gespräch mit dem Arzt und dass ihre Tochter möglicherweise ein Pflegefall bleibt, erzählte ich ihr nichts. Ich dachte, wenn ich mir schon so große Sorgen machte wie würde Oma es dann aufnehmen?

Montag, 12. August 2002

Heute ging ich wieder zur Arbeit. Mein Kollege fragte nicht nach meiner Mutter und ich erzählte nur, dass Mama noch im Spital läge. Eine Kollegin fragte mich, wie es meiner Mutter ginge und ich erklärte, dass sie noch nicht selbst atmen könnte. Dann sagte meine Kollegin.

„Seien sie doch froh, dass sie noch lebt!" Wie konnte sie nur so ungehobelt sein. Ich wünschte ich wäre noch zu Hause geblieben. Manche Menschen haben einfach kein Taktgefühl. Ich versuchte mich in die Arbeit zu vertiefen konnte mich aber nicht konzentrieren. Nach der Arbeit ging ich in Mamas Wohnung und leerte den Postkasten aus. Dann goss ich die Blumen und lüftete die Wohnung. Ich sah im Kühlschrank nach und fand noch einige verderbliche Lebensmittel. Ich rief meine Schwester an und sagte ihr, sie solle mich von Mamas Wohnung abholen und nach dem Spital müssten wir nochmals in die Wohnung um den Kühlschrank auszuräumen. Gudrun holte mich bald ab. Ich erzählte ihr von meiner Kollegin, die sagte, ich solle froh sein, dass Mama noch lebte. Gudrun war auch fassungslos über diese Respektlosigkeit. Insgeheim beschloss ich in dieser Firma bald zu kündigen, es widerte mich an mit solchen Kollegen zu arbeiten. Als wir im Spital ankamen und aus dem Auto stiegen, war es wieder drückend heiß, auch im Stiegenaufgang zur Intensivstation war es sehr stickig. Wir läuteten und warteten bis wir abgeholt wurden. Eine Schwester sagte wir wissen den Hausgebrauch schon und ließ uns alleine anziehen und zu Mama gehen. Sie hatte eine durchsichtige Sauerstoffmaske über Nase und Mund gestülpt und die Augen geschlossen und schien zu schlafen. Wir fragten die Schwester, warum unsere

Mutter eine Sauerstoffmaske trug. Die Schwester erklärte uns, um ihre eigene Atmung zu unterstützen. Völlig überrascht fragte ich ob sie denn schon selbst atmen würde. Die Schwester sagte.

„Ein wenig schon, aber die Ärzte würden morgen nochmals versuchen den Beatmungsschlauch aus der Nase herauszunehmen." Erst jetzt bemerkte ich, dass sie unter der Maske den Beatmungsschlauch noch in der Nase hatte. Ich redete mit Mama und plötzlich öffnete sie die Augen und drehte den Kopf ein wenig in meine Richtung. Es sah aus, als ob sie alles unter größter Anstrengung durchführte. Kurz darauf schloss sie wieder die Augen. Gudrun versuchte ebenfalls, mit ihr Kontakt aufzunehmen, aber die Reaktion war gleich null. Wir fragten die Schwester ob Mama wieder Schlafmittel bekommen hätte, weil sie immer wieder einschlief. Die Schwester verneinte und sah uns eigenartig an. Gudrun und ich waren bedrückt. Mama hatte anscheinend wieder einen Rückfall. Sie reagierte schwach bis gar nicht und wir wussten nicht, ob sie jetzt schon selber atmete oder nur ein wenig oder ob sie weiter auf die Maschine angewiesen war. Die Schwester konnte uns auch nichts Genaues berichten und wir wollten nicht täglich einen Arzt fragen. Wir blieben fünfzehn Minuten und gingen dann. Wir redeten im Auto über Mama und machten uns Sorgen, weil es schlechter geworden war. Wir fuhren in Mamas Wohnung und räumten den Kühlschrank aus. Wir fragten uns, wie lange Mama noch in diesen Zustand bleibt oder ob noch eine Besserung eintreten würde. Wir gingen in der Wohnung umher und plötzlich hatte ich das Gefühl, als wenn Mama wieder in die Wohnung zurückkehren würde. Ich sagte zu meiner Schwester.

"Ich bin mir sicher, dass Mama wieder in die Wohnung zurückkehrt." Meine Schwester sah mich ungläubig an und seufzte.

"Ich hoffe du hast Recht." Wir teilten uns die Lebensmittel vom Kühlschrank und fuhren dann zu Oma. Oma freute sich uns zu sehen und wir berichteten, ihre Tochter schlief meistens und man müsste abwarten bis sich der Bluterguss am Kopf selbst resorbiert hätte. Wir sagten Oma nicht, dass es Mama wieder schlechter ging und die Reaktion auf uns kaum wahrnehmbar sei. Ich dachte daran, dass heute der vierzehnte Tag der Krankheit war und somit müsste Mama außer Lebensgefahr sein. Aber der heutige Zustand war alles andere als erfreulich.

Dienstag, 13. August 2002

In der Nacht hatte es ständig geregnet und auch jetzt um sechs Uhr früh, regnete es in Strömen. Ich fuhr mit dem Bus und ging dann wie ein Roboter gesteuert zur Arbeit, denn ich hatte meine Medikamente auf das doppelte erhöht. Nachdem ich gestern in der Arbeit nervlich ziemlich angeschlagen war, wollte ich nicht bei der kleinsten Gemeinheit von Kollegen losheulen. Außerdem musste ich ständig an Mama denken. Lebte sie noch? Als ich Mittag nach Hause kam rief ich Herwig an, aber er konnte mir nur berichten, dass Mama heute am Vormittag zur Magnetresonanz geholt wurde und bis jetzt nicht auf die Station kam. Er ersuchte mich, nachmittags im Spital anzurufen, weil er einen Termin hätte. Ich bejahte, obwohl es mir nicht gut ging. Die Zeit verging sehr langsam, ich versuchte mich mit Hausarbeit abzulenken, aber immer wieder sah ich ihr Gesicht vor mir. Wie würde es ihr gehen? Ich rief Jürgen in der Arbeit an und erzählte ihm, dass sie bei Mama wieder eine Magnetresonanz durchführen würden und sie immer noch nicht auf der Station wäre. Jürgen beruhigte mich, ich solle mir nicht so viel Sorgen machen, vielleicht würden sie ihr den Beatmungsschlauch herausnehmen und das würde auch dauern. Ich war etwas beruhigt, denn an das hatte ich gar nicht gedacht. Endlich war es fünfzehn Uhr. Ich ertrug das Warten nicht mehr und rief im Spital an. Der Pfleger am Telefon leitete mich an den für Mama zuständigen Pfleger weiter. Als ich endlich den Pfleger am Telefon hatte, war ich erleichtert. Doch dann sagte der Pfleger.
„Ihre Mutter ist immer noch nicht da, können sie vielleicht in zwei Stunden anrufen?" Ich bejahte und fragte ob ich dann in zwei Stunden gleich zu Besuch kommen könnte. Der Pfleger erwiderte.

"Nein, rufen sie bitte an ich weiß noch nicht was die Ärzte gemacht haben." Ich bedankte mich und legte auf. Was sie gemacht haben? Ich dachte sie ist nur zur Magnetresonanz geholt worden. Ich war völlig verzweifelt. Ich konnte mit niemanden reden, denn mein Bruder hatte einen Termin und meine Schwester war in der Arbeit. Ich wollte sie nicht anrufen und beunruhigen. Ich legte mich auf die Couch und überlegte nochmals eine Tablette zu nehmen. Warum weiß der Pfleger nichts, warum habe ich keine konkrete Antwort bekommen? Ich weinte und ich bemerkte das es mir guttat. Je länger ich weinte umso erleichtert fühlte ich mich. Irgendwann schlief ich ein. Ich wachte auf als Jürgen neben mir stand. Er war von der Arbeit nach Hause gekommen, sah mich an und fragte.

"Wie siehst du denn aus?" Ich war noch ganz verschlafen, stand auf und ging ins Bad, ich sah schrecklich aus. Das Gesicht war verschwollen und rot. Die Augen nur noch Schlitze. Ich wusch mich mit eiskaltem Wasser aber mein Aussehen veränderte sich nicht. Ich nahm mir zwei Löffel und legte sie in den Eiskasten. Dann erzählte ich Jürgen alles und musste wieder weinen. Ich holte mir die Löffel und legte sie mir auf die Augen. Sie waren eiskalt, aber ich hoffte so meine Schwellung in den Griff zu bekommen. Ich konnte unmöglich so ins Spital fahren. Es war bereits fast siebzehn Uhr und ich rief im Spital an. Jürgen setzte sich zu mir um mitzuhören. Eine Schwester verband mich mit dem zuständigen Pfleger. Ich hielt fast den Atem an als ich sich der Pfleger meldete und ich fragte ob Frau Binder schon auf der Station sei. Der Pfleger antwortete.

"Ja, sie ist schon hier und sie wurde wieder operiert."

„Was?" hörte ich mich sagen, „sie wurde wieder operiert? Warum?" Der Pfleger sprach weiter.

"Ihrer Mutter wurde wieder eine Drainage gelegt, weil die Nervenflüssigkeit wieder nicht abgelaufen ist. Die Operation ist gut verlaufen." Ich fragte ob sie noch beatmet würde und ob ich sie besuchen könnte. Der Pfleger meinte.

"Nein es hat keinen Sinn sie jetzt zu besuchen da sie noch im Tiefschlaf läge. Und ihr wurde ein Luftröhrenschnitt gemacht."

„Bitte?" Ich war entsetzt, einen Luftröhrenschnitt!

Der Pfleger erklärte.

"Die Ärzte hätten versucht den Beatmungsschlauch zu entfernen aber ihre Mutter wäre fast erstickt und außerdem hat sie noch eine Kehlkopfentzündung und dies würde einen Luftröhrenschnitt notwendig machen. Aber jetzt ist die Atmung leichter, weil der Weg zur Lunge kürzer ist."

„Wird sie jetzt nicht mehr beatmet?" fragte ich.

„Doch schon", sagte der Pfleger, „aber die Beatmung erfolgt jetzt durch den Luftröhrenschnitt unterhalb des Kehlkopfes." Ich fragte.

„Kann sie denn nicht alleine atmen?" Ich war völlig durcheinander und der Pfleger erklärte mir zum dritten Mal einen Luftröhrenschnitt. Ich bedankte mich für die Auskunft, obwohl ich immer noch nicht verstand was er meinte. Jürgen sah mich an, er saß wie versteinert neben mir. Ich erzählte ihm alles und jetzt erst begriff ich, was mir der Pfleger erklärte. Ich sagte, sie wird jetzt vom Hals weg beatmet nicht mehr durch Nase oder Mund. Jürgen fragte ob wir spazieren gehen, die Bewegung würde mir guttun. Ich verneinte und sagte, er solle laufen gehen, mit meinem Gesicht konnte ich sowieso nicht auf die Straße. Als Jürgen weg war überlegte ich, was eigentlich ein Luftröhrenschnitt ist. Ich hatte im Fernsehen schon Patienten mit einem Beatmungsschlauch am Hals gesehen, aber darüber war immer ein Halstuch oder eine Manschette. Ich konnte mir nicht vorstellen wie der Schlauch in den

Hals ging. Der Pfleger sagte auch, dass sie eine Kehlkopfentzündung hatte also müsste der Schlauch unter den Kehlkopf angebracht sein. Ich fühlte meinen Kehlkopf und bemerkte das darunter ein Grübchen im Hals war. Ich überlegte, ob darunter der Schnitt gemacht wurde und stellte mir das Bild vor wie Mama jetzt aussehen müsste. Aus dem Kopf müsste wieder eine Drainage raushängen und am Hals musste ein Schlauch herausgehen der zur Beatmungsmaschine führte. Ich konnte mich nicht mehr erinnern, bei welcher Maschine der Beatmungsschlauch angesteckt war und wo diese stand. Ich überlegte wie lange Mama noch im Tiefschlaf war und ob sie Schmerzen fühlte, wenn sie aufwachte. Plötzlich läutete das Telefon. Ich erschrak und zuckte zusammen. War es das Spital? Ich traute mich nicht abheben. Das Telefon läutete hartnäckig und schließlich hob ich ab. Es war die Schwägerin meiner Mutter und sie fragte mich wie es Mama ging. Ich erzählte ihr, was mir der Pfleger gesagt hatte. Sie hörte sich alles genau an und plötzlich wurde sie richtig hysterisch.

„Was, ein Luftröhrenschnitt, warum, geht es ihr so schlecht?" Ich erklärte ihr, dass dies wegen der Kehlkopfentzündung notwendig gewesen ist und das Atmen für sie durch den kürzeren Weg jetzt leichter wäre. Meine Tante sagte, dass sie die anderen Geschwister informieren werde und ich stimmte zu. Inzwischen war Jürgen wieder vom Laufen zurückgekommen. Ich erzählte ihm vom Gespräch mit meiner Tante und Jürgen sagte, er sehe jetzt im Internet nach was ein Luftröhrenschnitt ist. Ich war froh, dass Jürgen zu Hause war und mir im Internet nachsah. Er druckte mir die Seiten aus. Ich las mir alles genau durch und sah mir die Bilder an. Man sah eine Zeichnung worauf ein Luftröhrenschnitt abgebildet war und wo er genau angebracht war. Dort stand:

Unter dem Kehlkopf ein Schnitt im Hals und in der Luftröhre wird ein Schlauch in die Luftröhre gelegt um die Abgewöhnung des Respirators (Beatmungsgerät) zu ermöglichen.

Ich war erleichtert. Nun hatte ich es schwarz auf weiß, dass es nicht so schlimm war. Es war sicher notwendig sonst hätten es die Ärzte nicht gemacht. Ich sah noch unter Kehlkopfentzündung im Internet nach und las, dass man bei dieser Krankheit die Stimme verlieren konnte. Ich war wirklich froh, dass ich wusste warum diese Operation gemacht wurde. Wieder läutete das Telefon. Meine Schwester war dran. Ich erzählte ihr die Neuigkeiten und sagte wir würden heute nicht ins Spital fahren, weil sie noch im Tiefschlaf lag. Meine Schwester war beunruhigt und fragte mich um Details. Ich erklärte ihr alles und dann war sie auch erleichtert. Sie sagte sie würde meinen Bruder und meine Oma verständigen. Ich war froh das ich niemanden mehr anrufen musste. Wir vereinbarten einen Spitalsbesuch für nächsten Tag.

Mittwoch, 14. August 2002

Als ich von der Arbeit nach Hause kam, rief ich Herwig an und er erzählte, dass es Mama den Umständen entsprechend gut gehen würde und wir sie heute besuchen könnten. Er würde beim Spital auf mich und Gudrun warten. Ich aß eine Kleinigkeit obwohl ich keinen Hunger hatte. Es war warm und ich sah ständig auf die Uhr. Immer wieder dachte ich an sie und wie es ihr ginge. Ich war gespannt wie sie aussah und wünschte die Zeit würde schneller vergehen. Nachdem ich gebügelt und die Küche in Ordnung gebracht hatte, war es 14 Uhr. Das Telefon läutete. Gudrun sagte, sie würde mich in zehn Minuten abholen. Ich rannte ins Bad und machte mich fertig. Dann ging ich hinunter und stelle mich vor die Haustür. Gudrun war pünktlich und wir fuhren zum Spital. Herwig wartete bereits auf uns und wir gingen vom Parkplatz hinauf zum Spital in die Intensivstation. Nachdem wir geklingelt hatten, holte uns eine Schwester ab und wir fragten wie es Mama ginge. Die Schwester sagte, sie wäre sehr müde aber sonst ist die Operation gut verlaufen. Gudrun und ich gingen mit der Schwester hinein und Herwig wartete im Warteraum. Wir waren aufgeregt wie Mama mit dem Luftröhrenschnitt aussehen würde. Wir stellten uns zum Bett. Sie lag da und hatte die Augen geschlossen. Am Hals hatte sie ein Ventil mit einem durchsichtigen Schlauch der seitlich hinunterhing. Unter dem Ventil befand sich eine weiße Manschette. Man konnte die Öffnung des Halses indem das Ventil angeschlossen war nicht sehen. Ich war erleichtert, dass ich es nicht sehen musste. Über den Mund hatte sie wieder eine Sauerstoffmaske gestülpt. Ich sah mir ihren Kopf genauer an. Sie war wieder rasiert worden und diesmal hing der Schlauch auf der anderen Seite aus ihrem Kopf. Bei der Kopföffnung war ein Verband und auch der Schlauch war mit Verband umwickelt. Der Kopf war ganz orange von einer Salbe und sah übernatürlich groß aus. Plötzlich öffnete sie die Augen und sah uns an. Ich lächelte sie an und begann zu sprechen.

„Du bist am Kopf operiert worden, weil du einen Unfall mit dem Rad hattest. Du wirst wieder ganz gesund aber das dauert noch ein wenig." Sie sah mich genau an als würde sie alles verstehen. Meine Schwester sprach weiter.

"Wir kommen dich jeden Tag besuchen und du musst noch im Spital bleiben aber du wirst wieder gesund." Dann schloss Mama wieder die Augen. Sie war sehr müde von der Operation. Ich verabschiedete mich von Mama und sie öffnete wieder die Augen.

„Ich hole jetzt Herwig und ich komme dich morgen wieder besuchen." Ich ging hinaus und half meinen Bruder in den Mantel. Ich erzählte ihm das Mama sehr müde sei und er solle sie nicht zu lange aufhalten. Ich setzte mich in den Warteraum und beobachtete die große Uhr an der Wand. Man konnte das Ticken hören und jede Minute sprang der große Zeiger ein Stück weiter. Ich fixierte die Uhr bis mir die Augen schmerzten. Nach zehn Minuten kamen meine Geschwister wieder heraus. Herwig erzählte mir, dass er mit einem Arzt sprach und ihn fragte, wie die Krankheit weiter verlaufen würde. Der Arzt meinte, dass man noch keine genaue Diagnose stellen könnte, aber im besten Fall würde sie atmen, essen und vielleicht sogar gehen können. Und im schlimmsten Fall, fragte mein Bruder den Arzt und dieser erklärte: Im schlimmsten Fall bleibt sie so wie sie jetzt ist, ein lebenslanger Pflegefall. Herwig war deprimiert und wir gingen zum Parkplatz und redeten über Mama.

Wir machten uns gegenseitig Mut und hofften, dass es ihr bald besser ginge. Gudrun und ich verabredeten uns für den nächsten Tag.

Donnerstag, 15. August 2002

Heute war ein Feiertag und ich konnte länger schlafen. Weil es fast ständig regnete, stieg der Wasserpegel der Flüsse unaufhörlich und das Wasser trat über die Ufer. In einigen Gebieten war der Strom ausgefallen und die betroffenen Leute warteten sehnsüchtig auf die Stromversorgung. Ich stand um zehn Uhr auf und rief sofort im Spital an. Der zuständige Pfleger erklärte, dass der Zustand von Mama unverändert sei. Dann rief ich Gudrun an und fragte sie, ob sie mich von Zuhause abholen könnte. Jürgen und ich frühstückten gemütlich und ich las ein wenig. Dann schlief ich wieder ein. Draußen fing es wieder zu regnen an. Überall wo Flüsse oder Bäche waren, gab es furchtbare Überschwemmungen. Überall wo man hinkam, redeten die Leute über das Hochwasser. Die Zeitungen waren voll damit. Auch im Fernsehen sah man nichts anderes. Die Menschen jammerten das sie Hab und Gut verloren hätten, aber ich dachte das sind alles materielle Dinge die man ersetzen konnte und Dinge die versichert waren. Aber ein Menschenleben konnte man nicht ersetzen, also waren diese Menschen mit ihren Leid wesentlich besser dran als ich. Endlich war es vierzehn Uhr und ich machte mich fertig fürs Spital. Kurz darauf holte mich meine Schwester ab. Als wir im Spital ankamen nahm ich im Auto Beruhigungstropfen. Auch Gudrun nahm etwas. Wir gingen wieder den endlos langen Gang zur Intensivstation und im Stiegenaufgang war es nicht mehr so stickig wie sonst, aber wir waren beide sehr nervös. Als wir im Warteraum ankamen läuteten wir nach der Schwester. Ein Pfleger kam und wir zogen uns wieder diese Zwangsmäntel an, die am Rücken geschlossen wurden und wuschen uns die Hände mit Desinfektionsmittel. Es lief immer gleich ab und wurde schon zur Routine. Trotz der Monotonie war jeder Tag anders, weil wir nie wussten was uns auf der Station erwartete. Als wir den Gang entlang gingen erklärte der Pfleger, dass unsere Mutter wieder Fieber bekommen hätte, wie bei der ersten Operation als eine Drainage gelegt wurde. Außerdem reagierte sie auf das Antibiotikum, dass immer wieder gewechselt wurde, erneut allergisch und sie mussten die Medikamente umstellen. Wir gingen zu ihrem Bett. Mama lag seitlich gebettet und hatte den Schaumgummi unter dem Arm. Sie hatte die Augen geschlossen und schien zu schlafen. Der Pfleger erklärte, sie würde wieder Morphium bekommen um die Schmerzen zu lindern. Gudrun sah mich erstaunt an. Als der Pfleger weg war, sagte Gudrun warum sie schon wieder Morphium bekommt, davon wird man doch süchtig. Ich sagte, vielleicht nützen andere Medikamente nichts mehr. Plötzlich schlug Mama die Augen auf und sah mich an. Ich stand auf der Seite, wo ihr Gesicht seitlich lag und Gudrun stand gegenüber von mir, auf der anderen Seite des Bettes. Ich sagte zu Mama das sie wieder operiert worden ist und dass sie einen Unfall hatte. Gudrun fing auch zu reden an.

"Wir besuchen dich jeden Tag und uns geht es gut und Oma geht es auch gut." Mama versuchte zu erfassen woher die Stimme kam und konnte Gudrun nicht sehen. Plötzlich drehte sie mit eigener Kraft den Kopf auf die Seite damit sie Gudrun sehen konnte. Meine Schwester und ich sahen uns erstaunt und zugleich erfreut an. Der Pfleger sah, dass sie sich bewegte und drehte sie auf den Rücken. Ich fragte Mama, ob sie gut geschlafen hatte und sie bewegte plötzlich die Lippen. Gudrun fragte wie es ihr gehe und Mama drehte wieder den Kopf auf die andere Seite zu Gudrun. Wieder bewegte sie die Lippen, als ob sie mit uns sprechen wollte. Sie brachte keinen Ton heraus, weil der Beatmungsschlauch sie am Sprechen hinderte. Wir versuchten von den Lippen zu lesen aber es gelang uns nicht. Wir waren erleichtert, weil Mama versuchte mit uns Kontakt aufzunehmen. Ich erzählte ihr, dass sie einen Unfall hatte und am Kopf operiert wurde und im Spital läge. Sie sah mich genau an, als wenn sie alles verstehen würde. Dann redete Gudrun wieder und erzählte ihr das gleiche und Mama drehte wieder den Kopf zur anderen Seite. Wieder bewegte sie die Lippen. Gudrun erklärte ihr, dass sie nicht reden könnte, weil sie beatmet wurde. Mama schüttelte plötzlich den Kopf, es schien als glaubte sie uns nicht. Dann schloss sie wieder die Augen. Ich sagte zu Gudrun das wir wieder gehen sollten, damit es nicht zu anstrengend für sie würde. Mama öffnete wieder die Augen und sah mich an, als hätte sie alles verstanden. Wir verabschieden uns von ihr und richteten ihr Grüße von Oma aus. Sie riss die Augen auf, als sie das Wort Oma hörte und sah uns fragend an. Wir erklärten nochmals, dass es Oma gut ging und sie würde sie bald besuchen. Wieder schüttelte Mama den Kopf. Wir drückten ihre Hand und verabschiedeten uns wieder, sie sah uns nach. Als wir aus dem Spital rauskamen, regnete es in Strömen. Wir hatten keinen Schirm mit und wir rannten zum Auto. Als wir im Auto saßen mussten wir lachen. Wir waren völlig durchnässt aber es machte uns nichts aus. Wir waren glücklich, dass Mama auf uns reagiert hatte und alles andere war unwichtig. Wir redeten das es hoffentlich jetzt bergauf ginge und dass sich das Fieber wieder senken ließe. Wir beschlossen spontan zu Oma zu fahren und ihr die freudige Nachricht mitzuteilen. Wir läuteten bei Oma und sie öffnete die Tür. Sie sah uns teils überrascht als auch sorgenvoll an. Wir hatten uns nicht angemeldet und Oma wusste nicht was los war. Aber wir lachten und erzählten Oma alles. Oma sagte, sie dachte schon ihr verstorbener

Mann würde Mama zu sich holen. Ich schluckte, denn anscheinend spürte Oma wie es um Mama wirklich stand. Wir hatten ihr ja nicht die ganze Wahrheit erzählt. Wir waren sicher, dass es nur noch besser werden konnte. Wir blieben noch kurze Zeit bei Oma und verabschiedeten uns, um noch in Mamas Wohnung zu fahren und die Post zu holen. Ich fuhr heim und als Jürgen von der Arbeit kam berichtete ich ihm alles. Das erste Mal war ich wieder ein wenig glücklich.

Freitag, 16. August 2002

Es regnete ununterbrochen. Einige Gebiete waren völlig überschwemmt. Die Leute dort hatten seit Tagen keinen Strom. Wir wohnten in der Stadt und die Donau stieg zwar bedenklich hoch aber sie war noch nicht über die Ufer getreten. Im Fernsehen sah man Bilder der Ausmaße der Überschwemmung und die Feuerwehr war überall im Einsatz. Mich berührten diese Bilder kaum, ich hatte genug Sorgen wegen Mama. Als ich ins Büro kam, sammelte eine Kollegin Spenden für die Hochwasseropfer. Ihre Schwester war auch betroffen und so wurde bei jeden gesammelt. Ich hatte sämtliche Ausgaben meiner Mutter zu begleichen da ich keinen Zugriff zu ihrem Konto besaß. Periodisch lag wieder eine Rechnung im Postkasten. Ich hatte mit meinen Geschwistern vereinbart, dass ich bis auf weiteres die Rechnungen übernehmen würde. Als meine Kollegin auch zu mir kam und um Geld bettelte, lehnte ich ab. Sie wurde richtig aggressiv und sagte, dass man in so einer Situation doch helfen müsste. Ich sah sie verwundert an und erwiderte, dass ich jetzt andere Probleme hätte. Dann stand ich auf und lief auf die Toilette. Ich sperrte mich ein und dachte wie kann man nur so herzlos sein. Die Überschwemmungsopfer waren versichert und alles Materielle kann man doch ersetzen. Aber ein Menschenleben? Als ich mich wieder einigermaßen beruhigte, wusch ich mir das Gesicht kalt ab und ging wieder ins Büro. Die Kollegin sah mich böse an. Ich war froh als es Mittag war und ich nach Hause fahren konnte. Am Nachmittag traf ich mich mit Herwig im Spital und wir gingen zur Station. Durch den Regen war es im Stiegenaufgang angenehm kühl. Auf der Station läuteten wir wieder und warteten auf eine Schwester die uns zu Mama begleitete. Sie lag da und sah uns an. Herwig ging auf die andere Seite des Bettes. Zuerst sah sie mich an, dann suchte sie mit den Augen meinen Bruder und drehte den Kopf zu ihm und sah ihn an. Wir sprachen mit ihr und ihre Augen suchten immer denjenigen der gerade sprach. Auch ihren Kopf bewegte sie hin und her. Wir waren erleichtert, dass sich ihr Zustand nicht verschlechtert hatte und redeten mit ihr. Ich sagte.

„Du hattest einen Unfall und bist am Kopf operiert worden daher haben sie dir die Haare rasiert." Sie sah uns an als würde sie jedes Wort verstehen.

„Wir kommen dich jeden Tag besuchen", sagte mein Bruder und sie sah überrascht aus. Als sie immer wieder die Augen schloss, weil sie vermutlich sehr erschöpft war, beschlossen wir zu gehen. Wir vereinbarten, dass jetzt auch Mamas Geschwister und Oma sie auf der Intensivstation besuchen könnten. Ich würde allen Bescheid geben. Zuhause rief ich Oma an und sagte sie könne Mama ab sofort besuchen, jedoch nur in Anwesenheit einer von uns drei Kindern. Sie sagte, wenn wir sie einmal mitnehmen würden, wäre sie erfreut, aber es müsste nicht so bald sein. Ich rief meinen Onkel Josef an und sagte er könne ab jetzt seine Schwester besuchen. Josef meinte, er wolle es sich überlegen und er würde mich anrufen. Ich bat ihn, auch den anderen vier Geschwistern Bescheid zu geben. Ich hatte das Gefühl das sich keiner so schnell entscheiden würde Mama zu besuchen. Als Jürgen von der Arbeit heimkam fragte ich ihn ob er nicht auch einmal zu Mama mitgehen wollte. Jürgen verneinte.

Samstag, 17. August 2002

Heute konnte ich mich endlich ausschlafen und hatte Ruhe von meinen Kollegen in der Arbeit. Jürgen und ich frühstückten ausgiebig und ich hatte ausnahmsweise Appetit. Plötzlich läutete das Telefon. Ich erschrak denn ich wusste nicht wer jetzt anrief. Ich bekam sofort ein flaues Gefühl im Magen. Ich nahm das Telefon ab und Josef, Mamas Bruder meldete sich. Er hätte es sich überlegt und würde Mama gerne besuchen und ob wir heute ins Spital fahren. Ich war erfreut, dass Josef mitgehen wollte. Ich bejahte und wir verabredeten uns beim Spital. Ich telefonierte mit Gudrun und bot ihr an, mit uns ins Spital zu fahren. Jürgen und ich fuhren noch einkaufen und gingen spazieren. Mir tat die frische Luft gut und ich genoss den Spaziergang. Inzwischen war es Zeit geworden für den Spitalsbesuch. Wir holten Gudrun ab und als wir zum Krankenhaus einbogen stand Josef schon dort. Er wartete bereits einige Minuten und schien nervös. Wir begrüßten uns und Gudrun erklärte ihm.
"Mama ist am Kopf rasiert, sie hat einen Luftröhrenschnitt und sonst hängt sie an einigen Schläuchen." Ich fragte ob er schon einmal auf der Intensivstation war und er sagte.
"Ja, als ich einen Herzinfarkt hatte aber ich kann mich nicht mehr daran erinnern wie es dort ausgesehen hat." Wir vereinbarten, dass zuerst Gudrun und ich hineingingen und ich würde nachher Josef holen. Josef und Jürgen warteten inzwischen im Wartezimmer. Josef war anscheinend froh nicht alleine zu sein. Als wir auf die Station kamen läutete ich. Ein Pfleger sagte durch die Sprechanlage, dass er uns gleich abhole. Minuten vergingen und wir saßen schweigend im Wartezimmer. Irgendwie wurde mir plötzlich schlecht. Ich ging auf die Toilette neben dem

Wartezimmer. Ich ließ mir kaltes Wasser über die Hände laufen und trank einige Schluck. Dann ging ich wieder in den Warteraum. Der Pfleger war immer noch nicht gekommen. Ich sah auf die Uhr und sagte zu Josef.

"Ich warte noch fünf Minuten, dann läute ich noch mal." Josef nickte und Gudrun meinte.

"Vielleicht müssen sie noch irgendetwas bei ihr tun." Josef sah sie fragend an, sagte aber nichts. Wir saßen da und keiner fing ein Gespräch an. Endlich ging die Tür auf.

„Zu Frau Binder?" fragte der Pfleger.

„Ja" sagte ich und jetzt fiel mir auf, dass ich den Pfleger noch nicht kannte. Gudrun und ich gingen hinein wuschen uns die Hände und zogen die verhassten Mäntel an. Ich erklärte dem Pfleger, dass ich dann meinen Onkel holen würde. Er nickte. Gudrun und ich gingen hinein und stellten uns zum Bett. Mama hatte eine Sauerstoffmaske auf und schlief. Ich sah nach, ob ihr der Beatmungsschlauch entfernt wurde. Nein, er war immer noch am Hals befestigt. Ich fragte den Pfleger warum sie die Sauerstoffmaske trug. Der Pfleger erklärte, dass sie sich selber zum Atmen anstrengen müsste. Ich fragte ob sie schon selber atmen würde.

„Nein", erklärte der Pfleger „aber der Impuls vom Gehirn ist da und sie mache einen kurzen Schnapper aber zum selbst atmen ist es zu wenig. Aber sie hoffen, dass sie endlich einmal selber atmen würde und die Maske würde dies leichter machen." Dann fragte uns der Pfleger, ob wir Fotos von unseren Angehörigen mitnehmen konnten um bei Mama Sinnesreize auszulösen. Wir nickten und redeten mit Mama aber sie schlief sehr fest. Wir wollten sie nicht aufwecken und so streichelten wir ihre Hand und erzählten, dass Josef sie jetzt besuchen würde. Sie schlief immer noch. Ich ging den langen Gang zum

Wartezimmer und holte Josef. Ich erzählte ihm, dass Mama fest schlief, vielleicht würde sie noch aufwachen. Josef und ich gingen den Gang entlang und Josef fragte.

„Wie stehen die Aussichten, dass sie wieder gesund wird?" Ich antwortete.

"Die Ärzte sagen, sie kann ein Pflegefall bleiben, man kann noch nichts genaueres sagen."

„Das heißt sie wird nie wieder gesund?" fragte Josef. „Doch, sie kann auch wieder ganz gesund werden, aber man kann jetzt noch keine Diagnose stellen."

Ich glaubte selbst nicht an meine Worte. Inzwischen waren wir am Ende des Ganges angekommen und die Tür ging automatisch auf. Ich ging vor und begleitete Josef zum Bett. Gudrun stand dort und Josef blickte ungläubig auf seine Schwester. Er hatte sie nicht erkannt. Gudrun sagte.

"Komm, Josef du kannst dich neben mich stellen." Josef sah mich an und ich erklärte.

"Du kannst jederzeit hinausgehen, wenn du willst." Josef nickte und ich bemerkte, dass er sich nicht wohlfühlte. Ich ging wieder ins Wartezimmer zu Jürgen. Wir saßen ungefähr zehn Minuten als Gudrun und Josef herauskamen. Josef schien sichtlich geschockt. Mama schlief noch immer und er konnte keinen Kontakt zu ihr herstellen. Wir gingen zum Auto und Josef war sehr schweigsam. Er hatte es sich nicht so furchtbar vorgestellt. Am meisten erschütterte ihn das er sie nicht erkannt hatte. Mama war im Gesicht ziemlich aufgedunsen und sie hatte eine Glatze. Ich fand, dass Mama besser aussah als am Anfang der Gehirnblutung. Josef erklärte, seinen Geschwistern Bescheid zu geben, aber Oma wollten wir nicht sagen, dass Josef sie schon besucht hatte. Durch Josef wusste ich, dass Mama noch schrecklich aussah.

Sonntag, 18. August 2002

Jürgen und ich frühstückten gemütlich und dann
fuhren wir mit dem Fahrrad. Mir fiel ein, dass wir Fotos
brauchten und daher fuhren wir bei Oma vorbei. Ich
erklärte Oma, wir sollten für Mama Fotos mitnehmen
und ich bat sie um Fotos von ihr und von Mamas
Schwester Gerlinde. Oma holte eine Schachtel Fotos
und suchte uns zwei heraus. Ich bedankte mich und
wir fuhren wieder heim. Ich suchte in meiner
Fotoschachtel nach passenden Fotos. Ich nahm ein
Foto vom mir und eines von Jürgen. Auch von Herwig
und seiner Frau hatte ich ein Foto. Wir fuhren bereits
um vierzehn Uhr ins Spital um vorher noch ein wenig
spazieren zu gehen. Kurz darauf kam Gudrun und wir
gingen zur Station. Sie hatte ein Foto von sich mit und
einige Rahmen wo man je vier Fotos hineinstecken
konnte. Wir setzten uns auf eine Bank am Gang und
sortierten die Fotos von Oma, Gerlinde, Gudrun,
Jürgen, Herwig und von mir in die Rahmen hinein. Wir
hofften, dass Mama heute ansprechbar war und wir ihr
die Fotos zeigen konnten. Als wir auf die Station
kamen, klingelten wir und setzten uns ins
Wartezimmer bis die Schwester kam. Wir zeigten der
Schwester die Fotos und Gudrun und ich gingen
hinein. Jürgen wartete im Wartezimmer auf uns. Wir
zogen uns die Mäntel an und wuschen uns die Hände.
Dann gingen wir wieder den langen Gang zur Station.
Mama schaute an die Decke. Als wir zum Bett traten
wendete sie den Kopf und sah uns an. Gudrun und ich
begrüßten sie und Mama sah uns beide abwechselnd
an. Gudrun stellte sich auf eine Seite des Bettes und
ich stellte mich gegenüber. Ich erzählte Mama, dass
wir gestern mit Josef zu Besuch waren, sie hätte aber
geschlafen. Mama sah mich ungläubig an. Gudrun
zeigte ihr die Fotos. Ich sagte, sie solle es ihr ganz

nahe zu den Augen halten, weil Mama stark kurzsichtig ist. Sie sah die Fotos genau und lange an. Besonders das Foto von Oma betrachtete sie sehr lange. Als Gudrun die Fotos wegnahm sah sie Gudrun an als wollte sie die Fotos nochmals sehen. Gudrun zeigte sie ihr nochmals und sie sah sie wieder lange an. Wir glaubten sie überlegte wer diese Personen sind. Ich deutete auf die einzelnen Fotos und sagte die Namen dazu. Sie fixierte die Fotos und sah dann mich an. Wir erzählten ihr, dass wir jeden Tag zu Besuch kommen und sie würde wieder gesund werden. Sie hatte mit dem Fahrrad einen Unfall und sie wurde am Kopf operiert und rasiert. Sie fixierte uns mit ihren Augen und wir wussten nicht was sie alles verstand. Sie wurde müde und schloss die Augen. Wir beschlossen zu gehen, um sie nicht zu überanstrengen. Als wir uns bewegten, machte sie die Augen wieder auf und schloss sie gleich wieder. Wir sagten zu ihr, dass sie jetzt schlafen sollte und richteten ihr noch Grüße von Oma und Gerlinde aus. Wir stellten die Fotos auf ein Tischchen neben Mamas Bett und fragten die Schwester ob sie Mama die Fotos ab und zu zeigen konnte. Die Schwester bejahte und fragt wer die Personen auf den Fotos sind. Wir erklärten ihr wer auf den Fotos abgebildet war. Dann gingen wir und Mama sah uns nach. Jürgen ging vor dem Wartezimmer auf und ab als wir rauskamen. Wir verabschiedeten uns von Gudrun und vereinbarten für morgen einen Zeitpunkt für den nächsten Spitalsbesuch. Meine Schwester versprach Oma anzurufen und sie über Mamas Zustand zu informieren. Wir fuhren nach Hause und ich freute mich, weil Mama die Fotos so genau betrachtet hatte.

Montag, 19. August 2002

Als ich Mittag von der Arbeit nach Hause kam rief ich gleich meinen Bruder an und erkundigte mich nach Mamas Befinden. Herwig hatte wie jeden Tag im Spital angerufen um nach ihrem Gesundheitszustand zu fragen. Er konnte mir nichts Neues berichten, bat mich aber, ihn nach meinem Beuch im Spital anzurufen. Gudrun und ich fuhren um fünfzehn Uhr wieder ins Spital. Wir gingen wie jeden Tag die Stiegen hinauf und den langen Gang zur Intensivstation. Ich hatte wieder Süßigkeiten für die Schwestern und Pfleger mit, weil sie sich so rührend um Mama kümmerten. Ich überreichte der Schwester die Süßigkeiten und sie bedankte sich freundlich. Wir zogen uns die weißen Mäntel an und wuschen uns die Hände mit dem Desinfektionsmittel. Meine Hände waren schon ganz trocken und rau von dem Mittel. Die Schwester erzählte uns erfreut, dass unsere Mutter heute sehr unruhig war und sie daher versuchten, sie im Bett für kurze Zeit aufzusetzen. Die Ärzte hatten ihr auch die Magensonde entfernt und die Schwester erzählte uns, dass sie ihr bereits Suppe einflößten und sie schon schluckte, aber sie hatte noch Probleme mit der Koordination sodass sie sich oft verschluckte und die Suppe in die Luftröhre gelangte. Gudrun und ich freuten uns sehr über ihre rasanten Fortschritte, wir hatten nicht damit gerechnet. Ich fragte die Schwester, ob sie jetzt keine Magensonde für die Ernährung mehr brauche und die Schwester erklärte, dass sie wahrscheinlich wieder eine Sonde legen müssten, da sie sonst vermutlich verhungern würde. Aber sie probierten, ob unsere Mutter schon essen konnte und schlucken, aber weil Mama sich noch sehr viel verschluckte und die Nahrungsaufnahme sehr anstrengend war, würde es ohne Sonde nicht gehen.

Die Schwester fragte uns, ob wir einen Radio mitnehmen könnten damit Mama mit äußeren Reizen stimuliert wurde. Ich sagte, dass sie sehr schwerhörig sei und mit ihrem Hörgerät nicht gut hört. Die Schwester und ich versuchten ein Hörgerät in Mamas Ohr zu geben. Mama drehte den Kopf heftig und verzog das Gesicht als hätte sie Schmerzen. Wir versuchten es nicht mehr. Mir fiel ein, dass ich einen winzigen, batteriebetriebenen Fernseher zu Hause hatte und fragte die Schwester ob sie vielleicht Bilder im Fernsehen ansehen konnte. Die Schwester bejahte und ich versprach den Fernseher mitzubringen. Gudrun nahm die Fotos zur Hand und zeigte Mama wieder die Fotos. Mama sah sich jedes Foto genau an und verweilte lange bei den einzelnen Bildern. Wir sprachen bei jedem Bild wer das sei und wie es denjenigen ginge. Auch richteten wir schöne Grüße von Oma und ihrer Schwester aus. Mama bewegte ihre Schultern hin und her. Sie sah uns an und hob den Kopf und versuchte verzweifelt sich mit den Schultern aufzurichten. Es gelang ihr nicht. Ich vermutete, dass sie zu wenig Kraft hatte. Gudrun und ich schoben ein Polster unter ihre Schultern damit sie aufrechter lag. Sie sah uns an und fing wieder an hin und her zu rutschen. Wir waren völlig erstaunt wie viel sie sich bewegte. Ich fragte sie ob sie wieder sitzen möchte und sie sah uns an, hielt kurz inne und nickte. Sie hatte mich offensichtlich verstanden. Wir waren völlig verblüfft und Gudrun fragte eine Schwester ob sie unsere Mutter nochmals aufsitzen könnte. Die Schwester sagte, sie dürfte nur kurz sitzen, weil es sonst zu anstrengend für sie werde. Sie fragte einen Pfleger ob er ihr helfen konnte. Der Pfleger hielt Mama um die Schultern und die Schwester hantierte beim Bett. Plötzlich ging das Bett hinter Mamas Schultern langsam vor und dadurch wurde der Oberkörper von Mama aufgerichtet. Dann schob sich das Bett bei den

Füßen zusammen, sodass unter der Kniekehle das Bett zusammengeschoben war und die Füße hingen jetzt hinunter. Die Schwester schob links und rechts von Mama, Polster hinein damit sie nicht seitlich wegkippte. Mama saß jetzt fast aufrecht wie in einem Sessel. Sie genoss es sichtlich und sah umher. Ich nahm ihre Brillen da sie stark kurzsichtig ist und setzte sie ihr behutsam auf. Sie saß da und sah sich um. Sie drehte den Kopf hin und her und beobachtete alles was um sie herum vorging. Wir erzählten ihr, dass sie im Spital sei und am Kopf operiert worden ist. Sie sah uns an und schaute wieder umher. Plötzlich bewegten sich ihre Lippen als wenn sie uns etwas mitteilen wollte. Sie hob den rechten Arm ein wenig und deutete mit dem Zeigefinger auf einen Pfleger. Ich war wie gelähmt und sah ihr auf die Lippen um etwas daraus zu lesen. Ihre Lippen sagten.

„Wer ist das?" Sie deutete wieder mit dem Finger auf den Pfleger. Ich war völlig überrascht und fragte den Pfleger nach seinen Namen. Der Pfleger war anscheinend selbst überrascht, kam zum Bett und sagte zu mir. „Max." Ich sagte zu Mama.

"Das ist der Pfleger Max." Sie sah mich an und fragte nochmals indem sie die Lippen bewegte

„Wer?" Ich hatte vorher in normaler Lautstärke mit ihr gesprochen und vergessen das sie schwerhörig ist. Ich sagte sehr laut.

"Das ist der Pfleger Max." Ihre Lippen bewegten sich und formten Max. als wenn sie es plötzlich begriffen hatte fing sie herzhaft zu lachen an. Man hörte keinen Ton des Lachens, da sie ja immer noch beatmet wurde, aber sie hatte den Mund weit geöffnet, ihr Körper schüttelte sich vor Lachen und der Kopf wackelte vor Lachen umher. Die Schwestern und Pfleger von den anderen Betten kamen herbei und das Bett von Mama war von fünf Schwestern und Pflegern umringt. Gudrun und ich fingen an mitzulachen und auch die Schwestern und Pfleger lächelten. Keiner konnte glauben was sie sahen und die Situation war grotesk. Mama saß umringt von Polstern in ihrem Bett und lachte lautlos vor sich hin und immer noch deutete sie auf den Pfleger Max. Dieser stand vor Mama und grinste. Keiner hatte mit so einer Reaktion von ihr gerechnet. Wir standen da und die Station war zum Leben erwacht. Ich fragte Mama, ob sie der Pfleger Max heute gewaschen hatte und Mama nickte. Eine Schwester sagte das war sie, Max war gar nicht ihr zugeteilt.

„Hast du mich angelogen?" fragte ich Mama und sie nickte. Mama lag jetzt fast in ihren Sesselbett, denn sie hatte sich sichtlich angestrengt. Gudrun erzählte ihr, sie sei im Spital und ob Oma sie besuchen soll. Mama sah Gudrun böse an und bewegte wieder die Lippen.

"Ich glaube dir nicht." Gudrun sah mich erschrocken an und ich war verblüfft und meinte.

"Willst du, dass Oma kommt?" Mama bewegte die Lippen.

"Ich weiß nicht" und zuckte verzweifelt mit den Schultern. Dann sah sie auf den Boden und ich sagte. "Wenn du willst, fragen wir Oma ob sie heute noch kommt." Mama sah mich an aber sie schien mir nicht zu glauben.

„Ja." sagte sie. Mama hatte sich ziemlich angestrengt und sie wirkte müde. Der Pfleger und die Schwester kamen und legten Mama wieder nieder. Die ganze Prozedur bis das Bett wieder flach war und Mama wieder richtig lag dauert fünf Minuten. Mama dürfte sich sichtlich angestrengt haben den sie lag jetzt ruhig und fast bewegungslos im Bett. Gudrun zeigte Mama noch die Fotos und dann bemerkten wir, dass sie schon sehr müde war und immer wieder die Augen schloss. Wir verabschiedeten uns und gingen. Im Auto rief ich Herwig an und erzählte ihm die guten

Nachrichten. Gudrun und ich kamen auf die Idee ob er Oma ins Spital mitnehmen könnte, weil der Zustand von Mama so gut war. Er war sichtlich erleichtert, weil er nicht alleine auf die Station fahren musste und stimmte sofort zu. Es war kaum erträglich, wenn wir Mama besuchten, weil man wusste nie wie ihr Befinden war. Gudrun und ich waren noch nie alleine auf der Intensivstation gewesen, ich hatte Angst, dass mir wieder übel wurde und ich umfallen könnte. Wir fuhren heim und Herwig versprach uns am Abend noch Bescheid zu geben wie der Besuch verlaufen war. Zuhause angekommen erzählte ich Jürgen die guten Nachrichten. Kurz vor acht Uhr abends rief Herwig an. Er hatte Oma mitgenommen und sie war sehr erfreut, dass sie ihre Tochter nach neunzehn Tagen auf der Intensivstation sehen durfte. Herwig erzählte mir, dass Mama ihre Mutter genau angesehen hatte aber sie war sehr müde und so hielten sie sich nur zehn Minuten auf. Als sie sich verabschiedeten bewegte Mama plötzlich ihre Hand und winkte ihnen nach. Oma winkte zurück und war sehr erleichtert, weil es ihrer Tochter wieder besser ging. Ich bedankte mich bei Herwig für die Nachricht und rief gleich meine Schwester an um ihr die Neuigkeiten zu erzählen. Auch sie freute sich, weil es jetzt endlich bergauf ging.

Dienstag, 20. August 2002

Es war ein sehr schwüler Nachmittag und ich setzte mich auf eine Bank vor dem Krankenhaus in den Schatten und wartete auf meinen Bruder. Herwig kam gleich von der Arbeit zum Spital und ich sah das Auto auf den Parkplatz einbiegen. Wir gingen wieder die Stiegen zur Intensivstation und im Stiegenaufgang war es heiß. Als wir endlich bei der Station angekommen waren, warteten schon Leute. Wir klingelten und ein Pfleger holte uns kurz darauf ab. Nach dem ankleiden und Hände waschen gingen wir durch den Gang zu Mama. Sie lag ruhig im Bett und hatte die Augen geschlossen. Der Pfleger stellte sich zu uns und erklärte.

„Ihrer Mutter ist heute die Drainage entfernt worden und die Ärzte hoffen, dass das Nervenwasser von selbst wieder zirkuliert und abläuft."

Erst jetzt fiel mir auf, dass am Kopf kein Schlauch mehr heraushing. Darum war sie vielleicht so ruhig, weil die Ärzte die Drainage entfernt hatten. Als ich sie genauer ansah bemerkte ich, dass auch wieder eine Magensonde zur Nahrungsaufnahme über die Nase gelegt worden war. Ich fragte den Pfleger ob sie Tabletten bekommen hätte, weil sie so ruhig ist. Der Pfleger antwortete.

"Ja, ihr wurden Beruhigungsmittel verabreicht, weil sie uns in der Nacht aus dem Bett gestiegen wäre." Ich sah in verblüfft an und er fuhr fort.

"Ihre Mutter war in der Nacht sehr unruhig und wir sahen nach ihr. Da hatte sie schon beide Füße auf einer Seite auf den Boden stehen und sie wollte aus dem Bett steigen. Natürlich ist es ihr nicht gelungen, weil sie viel zu schwach ist, aber sie hätte rausfallen können und daher haben die Ärzte ihr Medikamente verabreicht."

Ich war völlig perplex. Anscheinend hatte sie schon so viel Kraft um ihre Beine bewegen zu können. Ich freute mich trotz der Gefährlichkeit über ihre körperlichen Fortschritte. Natürlich wäre es furchtbar gewesen, falls sie es geschafft hätte das Bett zu verlassen Sie wurde ja immer noch beatmet und der Schlauch ging direkt in ihren Hals. Auch hing sie immer noch an verschiedenen Kabeln die ihre Atmung, Blutdruck und Puls kontrollierten. Ein Kabel ging immer noch direkt in ihren Brustkorb hinein. Ich wusste nicht für was das war, aber ich wagte nicht zu fragen. Auch hatte sie die Sonde für die Nahrungsaufnahme in der Nase und es war nicht auszudenken was passiert wäre, wenn sie aus dem Bett gefallen wäre, sämtliche Schläuche und Kabel wären womöglich aus den Maschinen, oder aus ihr herausgerissen worden. Ich war dankbar, weil sie auf der Station vorbildlich bewacht wurde. Mama schlug die Augen auf und sah uns an. Ich sprach mit ihr und fragte, ob sie Schmerzen hatte. Sie sah mich an und machte die Augen gleich wieder zu. Sie war sichtlich müde. Seit gestern war sie wieder ein anderer Mensch geworden. Aber es war immer ein auf und ab und sie hatte auch Beruhigungsmittel erhalten. Wir hielten uns nicht lange auf und ließen sie wieder schlafen. Bedrückt fuhren wir heim. Wir dachten sie machte endlich Fortschritte, aber wir wurden eines Besseren belehrt. Ich rief Oma an und erzählte, dass Mama heute sehr müde war, weil sie ihr die Drainage entfernten. Mehr erzählte ich ihr nicht. Dann gab ich Gudrun Bescheid, auch sie war bedrückt über die Nachricht. Wir hofften schon auf weitere Besserung. Als Jürgen von der Arbeit nach Hause kam, sprach er mich auf meine Deprimiertheit an und ich erzählte ihm die ganze Geschichte. Es tat mir gut, wenn ich mit Jürgen darüber reden konnte.

Mittwoch, 21. August 2002

Gudrun und ich fuhren am Nachmittag wieder ins Spital. Wir sprachen darüber, was uns heute wieder erwarten würde und hofften, dass ihr Zustand besser war als gestern. Als wir zum Bett von Mama kamen, hatte sie die Augen geschlossen. Wir stellten uns neben das Bett und beobachteten unsere Mutter. Plötzlich entdeckte ich, dass die Magensonde wieder fehlte. Ich ärgerte mich, da sie Mama unnötig plagten, weil sie einen Tag die Sonde einsetzten und dann nächsten Tag wieder herausnahmen. Ich winkte der Schwester und sie kam zu uns. Ich fragte warum ihr die Magensonde wieder entfernt wurde, obwohl sie erst gestern gelegt wurde. Die Schwester schien etwas verlegen und dann gestand sie, dass Mama am Abend so unruhig gewesen ist, und dass sie sich selbst die Sonde herausgerissen hätte. Sie bekam den Schlauch zu fassen und zog ihn heraus. Die Schwester rannte zwar sofort zum Bett, aber Mama hatte ihn schon komplett herausgerissen und hielt den Schlauch fest in den Händen. Sie hätten Mama dann angebunden, weil sie so unruhig war. Ich wollte nicht daran denken was geschehen wäre, wenn sie den Beatmungsschlauch erwischt hätte. Ich bedankte mich bei der Schwester für die Auskunft und sah beim Bett hinunter und bemerkte links und rechts eine Schlinge aus Verbandsmaterial, mit der sie Mama vermutlich um schlimmeres zu verhindern, festbanden. Ich zeigte es Gudrun und wir redeten leise, als Mama plötzlich die Augen aufschlug. Wir begrüßten sie und ich fragte, ob sie Schmerzen hätte. Sie sah uns nur an und reagierte auf keine Weise. Sie nickte nicht und auch ihre Lippen bewegten sich nicht. Sie lag einfach nur bewegungslos und teilnahmslos da. Gudrun und ich waren verzweifelt, weil sie überhaupt keine Reaktion zeigte. Gudrun sah einen Arzt vorbeilaufen und rief nach ihm. Der Arzt kam zu uns und wir fragten, warum Mama so ohne Reaktion sei. Der Arzt lächelte und erklärte uns.

"Ihre Frau Mutter geht es schon sehr gut aber das Nervenwasser staut sich wieder und darum kann sie keine Reaktion zeigen, weil das Wasser wieder auf die Nerven drückt, daher müssen wir vermutlich einen Shunt legen. Dies ist eine Drainage mit einer Art Pumpe die unter der Haut gelegt wird und im Körper verbleibt. Aber das ist ein Problem das wir beheben können." Der Arzt lächelte wieder und sah sich bei den Maschinen die Werte von Mama an. Ich bedankte mich beim Arzt und er nickte uns lächelnd zu und ging. Gudrun und ich waren sichtlich erleichtert. Das erklärte natürlich ihren Rückschritt. Wir gingen bald, weil Mama ständig die Augen öffnete, aber sofort wieder schloss. Sie schien erschöpft und hatte uns anscheinend gar nicht richtig wahrgenommen. Als wir heimfuhren beschlossen wir noch Oma zu besuchen. Oma freute sich über unseren Besuch und wir erzählten ihr von Mama und dass sie sehr müde sei, aber es ginge bergauf. Genaue Auskunft gaben wir ihr nicht, um sie nicht zu beunruhigen. Dann fuhr ich nach Hause. Jürgen wartete bereits auf mich und wir beschlossen noch ein wenig spazieren zu gehen. Wir redeten über Mama und ob sie wieder einmal selber atmen könnte. Einerseits war ich wegen des Lächelns vom Arzt erleichtert gewesen, anderseits beunruhigt, weil sie immer noch beatmet wurde.

Donnerstag, 22. August 2002

Heute und morgen hatte Jürgen Urlaub und ich rief mittags gleich meinen Bruder an um Neues zu erfahren. Er sagte ein Pfleger meinte, dass möglicherweise bei Mama heute etwas gemacht würde aber er wusste nichts Genaues und ich sollte am Nachmittag nochmals anrufen. Jürgen und ich überlegten ob wir zum Schwimmen fahren sollten aber ich wollte noch eine genaue Auskunft vom Spital abwarten. Um vierzehn Uhr rief ich nochmals an und der zuständige Pfleger erklärte mir, dass Mama heute noch operiert würde. Er sagte er könne mir keine Details sagen, aber sie würde für den Nachmittag vorgemerkt sein und ich sollte am Abend nochmals anrufen und mit den Ärzten darüber sprechen. Ich fragte ob Mama bei der geplanten Operation ein Shunt gelegt würde. Der Pfleger bejahte und fragte mich ob ich schon Bescheid wüsste. Ich erklärte ihm, dass uns ein Arzt dies gestern mitgeteilt hat und ich wusste aber nicht, dass sie die Operation schon heute durchführten. Ich fragte, ob man sie am Abend besuchen könnte, aber der Pfleger meinte, dass es am Operationstag nicht sehr sinnvoll sei. Ich sollte doch gegen Abend nochmals anrufen dann kann er mir mehr sagen. Ich rief gleich meine Geschwister an und teilte ihnen alles mit. Dann telefonierte ich mit Oma und berichtete ihr, dass Mama heute nochmals operiert würde. Sie brauche sich keine Sorgen machen, weil dies ein Routineeingriff wäre. Oma war doch beunruhigt, denn sie fing zu weinen an. Ich erklärte ihr, dass sie sich wirklich nicht sorgen müsste, weil nur ein kleiner Eingriff durchgeführt wurde. Das war eine glatte Notlüge, aber ich hatte Oma erst von einer einzigen Operation erzählt und Mama wurde mit der heutigen Operation bereits siebenmal operiert. Ich legte auf und weil Oma weinte konnte ich meine Tränen nicht mehr zurückhalten. Ich hatte mich beim Gespräch noch beherrschen können, aber jetzt rannen mir die Tränen hinunter. Die Operation war nicht ungefährlich, aber ich wollte Oma das nicht sagen um sie nicht noch mehr zu beunruhigen. Als ich mich einigermaßen beruhigt hatte, fragte mich Jürgen, ob wir schwimmen fahren. Ich überlegte, aber weil ich Mama sowieso nicht helfen konnte und es mir sicher gut tat ein wenig zu entspannen, stimmte ich zu. Wir fuhren baden und es war ein sehr erholsamer Nachmittag für mich. Ich genoss die Sonne und schwamm viel. Ich dachte positiv und vertraute den Ärzten wie ich es bisher immer tat. Jürgen sagte, ich müsse abwarten und könne jetzt sowieso nichts tun und im Neurologiezentrum sind die Ärzte sehr gut. Wir fuhren nach dem Schwimmen noch auf einen Kaffee. Ich war seit langen nicht mehr in einen Gastgarten und ich genoss die Sonne und den angenehmen Spätnachmittag. Jetzt bemerkte ich erst wie mir das fehlte, aber ich war kaum fähig gewesen das Leben seit Mamas Krankheit zu genießen. Als wir erholt nach Hause kamen, rief ich gleich im Spital an und der Pfleger erklärte mir, dass Mama noch immer nicht geholt wurde, aber dass sie sicher heute noch operiert wird. Ich sagte, ich rufe später nochmals an. Ich machte mir Sorgen und dachte, ich hätte sie am Nachmittag besuchen können wo sie doch immer noch auf der Station war. Jürgen sagte zu mir, ich sollte mir keine Vorwürfe machen und einfach abwarten. Ich rief meine Geschwister an und wir besprachen, dass ich gegen neun Uhr nochmals im Spital anrief und dann Bescheid gebe. Die Zeit zog sich dahin und ich versuchte zu fernsehen. Immer wieder schweiften meine Gedanken ab. Jürgen machte sich auch Sorgen, aber er konnte wesentlich besser damit umgehen als ich und er beruhigte mich dann wieder. Endlich war es neun Uhr geworden und ich rief im Spital an. Der Pfleger erklärte mir, dass Mama noch immer auf der Station sei und sie würde sicher noch operiert werden, aber es waren einige Notfälle eingetroffen, sodass es immer wieder zu Verschiebungen kam. Ich fragte ob ich morgen früh vor der Arbeit um sechs Uhr anrufen konnte. Der Pfleger sagte ich kann zu jeder Tag- und Nachtzeit anrufen. Dann telefonierte ich mit meinen Geschwistern die sich auch Sorgen machten. Ich versprach sie morgen früh sofort anzurufen. Dann rief ich Oma an. Sie hatte schon gewartet und war enttäuscht, weil ich noch nichts wusste. Sie fing wieder zu weinen an und ich beruhigte sie. Als ich aufgelegt hatte, weinte ich auch. Meine Nerven waren schon sehr strapaziert und ich nahm Beruhigungstropfen. Ich tat Jürgen schon sehr leid, weil ich mir schon wieder große Sorgen machte. Ich konnte nichts essen und meine Jeans hingen an mir runter, ohne Gürtel würde ich sie verlieren. Ich ging bald ins Bett aber ich konnte lange nicht einschlafen.

Freitag, 23. August 2002

Ich wachte bereits um fünf Uhr früh auf. Die Sonne schien und ich dachte, dass dies vielleicht ein gutes Omen ist. Ich dachte an Mama und wie es ihr ging. Ich überlegte, ob sie die Operation überstanden hatte und ob alles gut gegangen war. Ich lag im Bett und sah ständig auf die Uhr. Jürgen hatte heute noch frei und er schlief noch. Ich stand langsam auf um Jürgen nicht zu wecken und ging ins Bad. Als ich im Bad fertig war, zeigte die Uhr kurz vor sechs und ich wählte die Nummer der Intensivstation. Eine Schwester meldete sich und ich fragte nach meiner Mutter und sie verband mich mit der zuständigen Schwester. Ich fragte wie es Mama gehe und ob sie gestern noch operiert worden sei. Die Schwester erklärte mir, dass Mama erst um zweiundzwanzig Uhr geholt worden ist. Aber sie hat die Operation gut überstanden und sie war bereits wach und hat die Augen geöffnet. Ich war überglücklich über die Auskunft und bedankte mich. Jürgen kam aus dem Schlafzimmer, er hatte mich telefonieren gehört und fragte was los sei. Ich erzählte ihm die Neuigkeiten und auch er war froh das alles gut gegangen war. Ich beschloss Oma anzurufen. Oma freute sich über meinen Anruf und ich sagte ihr, dass Mama die Operation gut überstanden hat und wir sie heute wieder besuchen. Oma fing wieder zu weinen an und sagte, sie hätte die ganze Nacht nicht geschlafen und sich Sorgen gemacht. Ich antwortete, sie brauche nicht weinen und es ist alles in Ordnung. Als ich auflegte, war ich völlig erledigt und als ich mich einigermaßen beruhigt hatte, rief ich meinen Bruder an und gab ihm Bescheid. Auch Herwig war froh das die Operation gut verlaufen war und wir verabredeten uns im Spital. Ich kochte mir einen Tee und setzte mich auf die Couch. Gudrun konnte ich erst später anrufen, weil sie immer bis sieben Uhr schlief. Jürgen setzte sich zu mir, er konnte nicht mehr schlafen und wir redeten über Mama. Dann zog ich mich an und fuhr zur Arbeit. Kurz vor der Firma hielt ich an und rief Gudrun vom Handy an und sie freute sich, weil die Operation gut verlaufen war. Ich fuhr weiter zur Firma und war sehr gut gelaunt. In der Firma ließ ich mir meine Fröhlichkeit nicht anmerken und machte wie gewohnt meine Arbeit. Endlich war es Mittag und als ich zum Fahrrad ging stand Jürgen mit seinem Fahrrad da, um mich abzuholen. Ich sagte, wir müssten noch zur Wohnung von Mama fahren um die Blumen zu gießen, zu lüften und den Postkasten zu entleeren. Wir erledigten alles und machten uns auf den Heimweg. Ich sagte Jürgen, dass ich mich mit Gudrun und Herwig um fünfzehn Uhr im Spital treffe. Jürgen sagte, er würde mich hinfahren und nachher könnten wir schwimmen fahren. Kurz vor drei fuhren wir ins Spital. Wir setzten uns im Krankenhauspark auf eine Bank und genossen das angenehme Wetter. Kurz darauf kam Gudrun und später Herwig und wir gingen zur Station. Jürgen setzte sich mit Herwig in den Warteraum und wir klingelten. Gudrun und ich gingen hinein und wir waren gespannt wie ihr Zustand war. Mama lag mit geöffneten Augen im Bett. Sie hatte den Kopf verbunden. Sie registrierte uns, aber sie war sehr müde und erschöpft. Wir erzählten ihr von ihrer Operation und darum sei sie noch sehr müde. Mama sah uns an und schloss immer wieder die Augen. Ich bemerkte zwei Blutkonserven die über ihren Kopf an einem Ständer hingen und mit einem Schlauch mit einer Vene verbunden waren. Vermutlich hatte sie sehr viel Blut verloren. Sie war auch blass im Gesicht und trug eine Sauerstoffmaske. Wir fragten die Schwester warum sie wieder eine Maske trug. Die Schwester erklärte uns, dass sie schon ein wenig selber atmen würde, aber ganz ohne Maschine wäre es noch nicht möglich. Sie atmete was ihr möglich war, aber den Hauptanteil machte jedoch die Maschine. Ich war einerseits erfreut, dass sie die Operation gut überstanden hatte, anderseits bedrückt, weil sie immer noch nicht selbst atmen konnte. Mama schlief immer wieder ein und ich verabschiedete mich und holte meinen Bruder. Jürgen und ich fuhren gleich ins Schwimmbad. Wir verbrachten noch einen schönen Tag.

Samstag, 24. August 2002

Ich konnte mich endlich wieder einmal ausschlafen. Vormittags rief ich im Spital an und erkundigte mich nach Mama. Die Schwester erklärte mir, dass es ihr den Umständen entsprechen gut gehe, sie wäre nur sehr erschöpft. Mit Gudrun verabredete ich mich im Spital und Gudrun meinte, sie würde Oma mitnehmen. Jürgen und ich verbrachten den Vormittag mit verschiedenen Erledigungen die bereits lange ausständig waren. Langsam musste wieder der Alltag einkehren. Es war ein angenehm warmer Tag, aber zu kalt zum Schwimmen, darum beschlossen wir mit dem Fahrrad ins Spital zu fahren. Wir waren ein wenig früher dort und setzten uns in den kleinen Park. Gudrun und Oma kamen kurz darauf. Wir gingen wie immer den langen Gang zur Intensivstation. Jürgen und Oma setzen sich ins Wartezimmer und Gudrun und ich gingen als uns die Schwester holte zu Mama. Sie lag im Bett und sah sich im Raum um. Sie freute sich, als sie uns sah, denn sie lächelte uns an. Ich war ganz bewegt, weil sie uns anlächelte und vermutete, dass sie uns erkannte. Sie bewegte die Lippen und begrüßte uns. Wir erzählten ihr von der Operation und sie würde wieder ganz gesund, aber es würde noch ein wenig dauern. Sie hörte uns genau zu und plötzlich griff sie sich an den Beatmungsschlauch an ihren Hals. Ich sagte zu ihr, sie dürfe nicht daran ziehen und sie würde mit dem Schlauch beatmet werden. Sie sah mich verwundert an und ich erklärte ihr, dass dies nur eine Unterstützung für sie sei, weil sie eine schwere Operation hatte. Dann griff sie sich auf ihren verbundenen Kopf. Die Bewegung ihrer rechten Hand war überraschend schnell. Ich erklärte ihr, dass sie am Kopf operiert worden war und daher haben sie ihr den Kopf verbunden und sie hätte mit dem Rad einen

Unfall gehabt. Sie nickte als hätte sie alles verstanden. Dann bewegte sie wieder die Lippen und fragte nach Oma. Ich erklärte ihr, dass Oma im Warteraum sitze und sie dann besuchen komme. Sie sah mich ungläubig an und sprach, indem sie die Lippen bewegte, dass sie das nicht glauben würde. Ich erklärte ihr, dass ich sie gleich reinholen würde und das Oma schon einmal auf Besuch war. Sie schüttelte den Kopf und konnte sich anscheinend nicht daran erinnern, daher antwortete ich, dass sie schlief als Oma zu Besuch war. Sie bewegte den Kopf und sah sich im Raum um. Gudrun setze ihr die Brille auf und Mama war ganz interessiert, was um sie herum vorging, weil sie jetzt alles genau sah. Ein Arzt kam zu uns und meinte, dass er sehr froh war, weil Mama die Operation gut überstanden hätte und dass sich ihr Zustand vermutlich bessern würde. Aber von der linken Seite von ihrer Mutter ist immer noch keine Bewegung zu sehen, erklärte er. Erst jetzt fiel mir auf, dass sie immer nur die rechte Hand bewegte. Aber der linke Mundwinkel und die Gesichtshälfte hingen nicht wie bei gelähmten Menschen hinunter. Der Arzt sagte, er hoffe, dass sich die linke Seite noch bessert. Wir bedankten uns beim Arzt für die Auskunft und Mama schien wieder müde zu werden. Ich verabschiedete mich von ihr und ging raus um Oma zu holen. Als wir zum Bett kamen sah Mama ihre Mutter erfreut an und lächelte. Auch Oma lächelte und setzte sich neben das Bett. Da nur zwei Personen zu Besuch sein durften verabschiedete ich mich und ging zu Jürgen ins Wartezimmer. Wir warteten nicht mehr auf die beiden und fuhren in einen Gastgarten.

Sonntag, 25. August 2002

Es war ein strahlend schöner Tag und Jürgen und ich fuhren eine Runde mit dem Fahrrad. Mittag rief ich im Spital an und fragte wie immer um diese Zeit, nach dem Befinden von Mama. Der Pfleger erklärte, dass es ihr gut gehe und die zuständige Schwester würde gerade unsere Mutter waschen, ob er die Schwester holen solle. Ich verneinte und sagte wir würden am Nachmittag kommen, ob das in Ordnung wäre oder ob eine Untersuchung geplant sei. Der Pfleger sagte, er wisse nichts von einer Untersuchung und ich bedankte mich für die Auskunft. Dann rief ich meinen Bruder an und wir trafen uns wieder im Spital. Wir redeten, was uns heute wieder auf der Station erwarten würde und gingen über die Stiegen hinauf zur Station. Jürgen setzte sich ins Wartezimmer und ich versprach nicht länger als zehn bis fünfzehn Minuten wie üblich zu bleiben. Meisten wurde es Mama bereits nach fünf Minuten Besuch zu anstrengend. Jürgen nickte und erklärte, er würde auf einen Kaffee in die Kantine gehen. Inzwischen war die Schwester gekommen. Wir waren immer gespannt welche Schwester oder welcher Pfleger ihr zugeteilt war. Es wechselte fast täglich. Wir hatten auch schon unsere Lieblingsschwestern und Pfleger die uns immer beim Abholen bereits von Mama erzählten. Heute holte uns Schwester Sandra, die den gleichen Namen hatte wie ich und ich wertete dies als gutes Omen. Als wir den Gang entlang gingen, blieb die Schwester stehen und sagte zu uns.
"Heute werden sie sich freuen, ihre Mutter kann sprechen." Ich sah sie erstaunt an und fragte sie ob sie beim Beatmungsschlauch eine Vorrichtung angebracht hätten, womit ihr das Sprechen ermöglicht

wurde." Die Schwester sah mich erstaunt an und erwiderte.

"Nein, sie wird nicht mehr beatmet."

„Was?" sagten mein Bruder und ich gleichzeitig, „Sie wird nicht mehr beatmet?"

„Nein", sagte die Schwester nochmals und erklärte uns, dass die Ärzte heute Morgen den Beatmungsschlauch entfernten und unsere Mutter mit Unterstützung von einer Sauerstoffmaske selbst atmet. Wir standen immer noch in den langen Gang und waren überglücklich über diese Mitteilung. Die Schwester dachte, wir wussten es bereits, dass sie nicht mehr beatmet würde. Wir gingen weiter und mein Herz klopfte vor Freude. Endlich, sie kann selber atmen, dachte ich und ich konnte ein Lächeln nicht unterdrücken. Die automatische Tür öffnete sich und wir hatten nur noch wenige Schritte bis zum Bett. Mama saß aufrecht im Bett, das wieder zu einem Sessel zusammengeschoben war und hatte ihre Brille auf. Sie sah uns erstaunt an und verrenkte sich fast den Kopf, als wenn sie jemanden suchen wollte. Sie versuchte zur Tür zu sehen die hinter ihren Rücken war. Dann sah sie mich an und sagte.

„Wo ist Jürgen?" Ich sah sie erstaunt an und war völlig verblüfft. Sie sah mich an und fixierte mich mit ihren Augen und wartete auf eine Antwort. Ich brauchte einige Zeit bis ich begriff was sie sagte und wie sie es sagte. Sie hatte eine hohe witzige Stimme, die wie eine Mickymausstimme klang und sie fragte als erstes nach ihrem Schwiegersohn obwohl sie fast vier Wochen nicht reden konnte. Ich bemühte mich rasch die Fassung wieder zu erlangen und sagte. „Jürgen ist in der Arbeit." Mein Gehirn rotierte, denn ich hielt es nicht für gut ihr zu erklären, dass er draußen im Wartezimmer saß. Womöglich wollte sie ihn sehen und Jürgen sträubte sich, auf die Intensivstation zu gehen.

„Ach so", sagte sie und schien es sofort zu akzeptieren. Sie wusste vermutlich nicht, dass heute Sonntag war.

„Und wo ist Herbert?" Herwig und ich sahen uns erstaunt an.

„Ach, der ist schon gegangen", gab sich Mama selbst die Antwort. Herbert war ihr jüngster Bruder und dieser hatte sie noch nie auf der Station besucht.

„Wie geht es dir?" fragte mein Bruder.

„Gut", sagte Mama und sah ihn erstaunt an, als ob dies die dümmste Frage gewesen wäre die sie je gehört hatte.

Für sie schien das alles normal und sie saß im Bett und betrachtete ihre Decke. Plötzlich entdeckte sie einen dunklen Fleck und versuchte mit dem Fingernagel den Fleck heraus zu kratzen.

„War das ich?" fragte sie mich mit ihrer Mickymausstimme und ich schüttelte den Kopf.

„Wer war es dann?" fragte Mama wieder, mit so einen Nachdruck in der Stimme das ich fieberhaft eine Antwort suchte.

„Die Schwester", sagte ich und Mama schüttelte den Kopf und ihr Gesichtsausdruck sah verärgert aus. Jetzt erst bemerkte ich, dass auf ihren Nachtkästchen ein Schokoladenpudding stand, der halb leergegessen war und in dem noch ein Löffel steckte.

„Hast du heute Pudding gegessen?" fragte ich Mama und sie schüttelte den Kopf.

„Aber hier steht ein Pudding", sagte ich und Mama war erschrocken.

„Dann war es doch ich", sagte sie und versuchte wieder verzweifelt den Fleck wegzukratzen. Ich wusste nicht was ich sagen sollte und mein Bruder und ich standen wie zwei Ölgötzen neben Mama. Wir waren nicht auf das Sprechen und auf ihre Reaktionen gefasst und waren dementsprechend sprachlos.

Plötzlich leuchteten ihre Augen auf und sie verkündigte stolz.

„Der Fleck geht raus!" Sie hatte solange gekratzt bis der Schokofleck tatsächlich weg war. Ich dachte das ist doch nicht möglich, das wichtigste war ihr, das der Fleck rausging. Ich sah sie an und fragte sie, ob sie wüsste wo sie sei. Sie machte einen beleidigten Gesichtsausdruck wegen dieser Frage. Aber sie konnte mir keine Antwort geben. Ich erklärte ihr, dass sie im Spital sei und operiert worden wäre und dass sie mit dem Fahrrad einen Unfall hatte. Mir schien diese Erklärung am besten, denn ich wusste nicht wie sie die Diagnose Gehirnblutung auffassen würde. Sie sah mich erstaunt an und schüttelte den Kopf, als wenn sie mir nicht glauben würde. Aber dann nickte sie plötzlich und schien es zu akzeptieren. Die Schwester kam zu uns und fragte Mama ob sie noch ihren Pudding essen wolle. Mama sah sie an und antwortete nicht, machte aber sofort den Mund auf. Die Schwester legte Mama ein Tuch über die Decke und nahm den Löffel und fütterte Mama mit dem Pudding. Beim dritten Löffel tropfte ein wenig Pudding auf das Tuch. Mama sah die Schwester ganz böse an, weil sie Pudding auf das Tuch getropft hatte. Sie schloss den Mund und drehte den Kopf weg.

„Wollen sie nicht mehr?" fragte die Schwester. Mama schüttelte den Kopf und sah sie immer noch böse an. Die Schwester stellte den Pudding wieder auf das Nachtkästchen und entfernte das Tuch. Ich bedankte mich bei der Schwester für die Fütterung und die Schwester lächelte und ließ uns wieder alleine. Mama saß mit bösem Blick im Bett und ärgerte sich anscheinend über das Missgeschick der Schwester. Plötzlich hellte sich ihre Miene auf als sei ihr etwas Grandioses eingefallen. Sie sagte zu uns.

"Wenn ihr mir helft und mich rausschiebt dann kann ich nach Hause gehen, aber ihr müsst mir helfen."

Ihr Blick war plötzlich voller Verzweiflung, weil sie anscheinend die Lage erfasste, dass sie alleine nicht aus dieser Station rauskam. Ich war wieder völlig perplex und fasste mich aber schnell.

„Nein, du musst schon noch ein wenig hierbleiben." sagte ich.

„Wie lange", fragte sie mit ihrer Mickymausstimme. Ich erklärte ihr, dass es noch ein paar Tage dauern würde, aber dann dürfe sie nach Hause. Sie schien sich mit dieser Aussicht abzufinden und nickte.

„Wir kommen dich jeden Tag besuchen", erklärte ich ihr und sie sah mich an, als ob sie mir wieder nicht glauben würde. Ich hoffte, dass sie noch kein Zeitgefühl besaß, denn ich hatte keine Ahnung wie lange sie noch auf der Intensivstation bleiben musste. Wie sehnte ich den Tag heran, wenn wir sie in einem normalen Krankenzimmer besuchen könnten und keine weißen Mäntel mehr anziehen müssten und sogar Blumen oder Zeitschriften mitbringen dürften. Mama interessierte sich mehr für ihre Umgebung als für uns. Sie zeigte auf ein Bett das gegenüber von ihr stand, in dem eine junge Frau lag.

„Was hat die Frau?" Ich wusste von den Angehörigen der Frau, dass sie eine Lähmung hatte die plötzlich von einer Lebensmittelallergie eingetreten war. Ab und zu hat man Gelegenheit mit Angehörigen von anderen Intensivpatienten im Wartezimmer zu sprechen. Aber meisten herrscht Sprachlosigkeit.

„Die Frau ist gelähmt." sagte ich. Mama war erschrocken.

„Gelähmt?" fragte sie fassungslos, „warum denn?" Sie war sichtlich geschockt und ich antwortete.

„Aber sie wird wieder gesund." Mama gab sich sofort mit der Antwort zufrieden und ich war erleichtert. Dann entdeckte sie ihre Beatmungsmaske die neben einem Schlauch hing. Sie deutete hin und ich gab ihr die Maske in die Hand. Sie bohrte mit dem Finger in die

Maske hinein und spielte damit wie ein kleines Kind, dass etwas absolut Neues entdeckt hatte. Dann sah sie wo die Maske angeschlossen war und griff zum Schlauch. Neben dem Schlauch entdeckte sie eine Öffnung aus der Luft herausströmte. Sie steckte den Finger in die Öffnung was ihr sichtlich Freude bereitete. Dann nahm sie den Finger heraus und tat so als wolle sie die Luft fangen. Immer wieder griff sie zum Schlauch und führte die Hand wieder weg.

„Da kommt Luft heraus", sagte ich, um mit ihr wieder ein Gespräch zu beginnen.

„Nein", sagte sie verärgert, „da ist ein Faden." Herwig und ich vermuteten das sie den Lufthauch als Faden wahrnahm. Herwig sah genauer hin und sagte.

„Da ist tatsächlich ein Faden." Ich ging zur anderen Seite des Bettes wo der Schlauch sich befand und sah einen winzig kleinen Plastikfaden der an Schlauchende hing. Sie hatte also ständig versucht den Faden zu entfernen.

„Der geht nicht runter", sagte ich zu Mama und sie gab sofort den Versuch auf und wandte sich wieder ihrer Maske zu indem sie mit dem Finger hineinbohrte. Dabei hielt sie die durchsichtige Plastikmaske in der linken immer noch kraftlosen Hand und bohrte mit der rechten Hand mit aller Kraft hinein, bis sich die Maske verbog. Ich fürchtete die Maske würde brechen. Aber die Schwestern und Pfleger sahen ab und zu rüber und schienen amüsiert über Mamas Fortschritt und ihrer Beschäftigung mit der Maske. Ich fragte sie, ob sie die Maske aufsetzen möchte. Sie sah mich erstaunt an und verneinte. Sie saß dort, sah umher und war an allen interessiert außer an uns. Ich bemerkte, dass sie schon Ermüdungserscheinungen zeigte und sah auf die Uhr. Ich erschrak, denn wir waren bereits über zwanzig Minuten bei ihr. Die Schwester kam und sagte, dass sie Mama wieder niederlegen muss, weil sie schon fast eine Stunde saß. Ich erklärte, dass wir gerade gehen wollten. Wir verabschiedeten uns von Mama und versprachen, morgen wieder zu kommen. Plötzlich streckte sie die Hand aus und reichte sie mir zum Abschied. Ich war völlig überrascht und musste lächeln und gab ihr die Hand. Auch Herwig streckte sie die Hand hin. Wir gingen und überlegten, was sie alles verstanden hatte und was sie jetzt denkt. Jürgen saß noch im Wartezimmer und sah uns fragend an, weil wir so lange nicht kamen. Ich grinste übers ganze Gesicht und erzählte im sofort die tollen Neuigkeiten. Jürgen und ich fuhren zur Feier des Tages auf einen Eiskaffee. Ich erzählte Jürgen alles und war überglücklich, auch Jürgen freute sich sehr, dass es Mama endlich besser ging. Wir hofften, dass sie keinen Rückschlag erleidet. Als wir zu Hause ankamen rief ich gleich Gudrun an. Leider war sie am Handy nicht zu erreichen. Ich rief Oma an und berichtete ihr alles. Oma war sehr erfreut und fing wieder zu weinen an. Ich sagte zu Oma, dass sie jetzt nicht mehr weinen brauche, da es Mama sehr gut geht. Oma sagte sie wisse das, aber sie kann nicht anders. Jürgen und ich gingen dann noch spazieren und mir ging es seit langen richtig gut. Am späten Abend rief mich Gudrun an und ich informierte sie über die Neuigkeiten. Sie freute sich sehr und konnte es nicht erwarten mit ihr zu sprechen. Ich war sicher, heute würde ich gut schlafen.

Montag, 26. August 2002

Nach der Arbeit fuhr ich mit dem Fahrrad zur Wohnung von Mama. Ich lüftete die Wohnung und räumte den Postkasten aus. Dann sah ich mich in der Wohnung um. Ich hatte keine Ahnung wie es mit Mama weiterging, ob sie wieder einmal gehen oder alleine essen konnte und ob sie fähig war sich alleine anzukleiden. Keiner wusste wie sie sich weiterentwickelte. Die Wohnung lag im zweiten Stock ohne Lift und sie müsste es schaffen alleine hinauf zu gehen. Ich mochte diese Wohnung nie, sie war neben der Straße und viel zu laut und außerdem zu finster. Die Fenster waren für die Räume zu klein und ich fand die Wohnung war zu groß für Mama. Aber sie wollte nie Veränderungen und blieb daher in dieser Wohnung. Ich musste mir Gedanken machen ob sie weiter in dieser Wohnung bleiben konnte, ob sie eine andere Wohnung bräuchte oder ob sie sogar einen Heimplatz benötigte. Meine Geschwister und ich hatten selber nur Wohnungen und es war daher nicht möglich Mama langfristig zu uns zu nehmen. Außerdem waren wir alle berufstätig. Jetzt wo Mama reden konnte und selber atmete, musste man den weiteren Verlauf der Krankheit abwarten und dann mehrere Wohnmöglichkeiten in Betracht ziehen. Ich sah mich im Kinderzimmer um und es waren jede Menge Spielsachen von Mamas Enkelkinder im Raum verstreut. Ich dachte mit Schaudern an eine Übersiedlung. Ich schloss die Fenster und fuhr nach Hause. Gudrun holte mich kurz vor fünfzehn Uhr ab und wir fuhren ins Spital. Ich redete mit ihr über die möglichen Wohnprobleme von Mama und wir beschlossen noch etwas abzuwarten wie sich Mamas Zustand entwickelte. Als wir auf die Station kamen war das Wartezimmer wie meistens leer. Wir waren gespannt was uns heute erwartete, besonders Gudrun die Mama noch nicht reden hörte. Mama lag im Bett und sah umher. Wir gingen zu ihr und begrüßten sie, indem wir ihr die Hand gaben. Ihre Hand war kraftlos und sie sah müde aus. Sie hatte die Sauerstoffmaske auf und sah uns an. Die Schwester tat ihr die Maske herunter und hängte sie neben das Bett. Mama sah ihr genau zu und schwieg. Aber plötzlich fing sie zu reden an, als müsse sie die letzten vier Wochen aufholen. Sie erzählte uns mit ihrer Mickymausstimme.

"Heute hatte ich schon Besuch, Ursula hat mich besucht und sie kommt wieder."

„Welche Ursula?" fragte ich.

„Die Schauspielerin!" rief Mama. Auf meinen Einwand das dies nicht stimmt, verzog sie das Gesicht und sah mich böse an.

„Natürlich war Ursula bei mir, ich habe sie gesehen." Sie hatte einen trotzigen Gesichtsausdruck und fuhr fort.

"Ich war heute beim Friseur aber so kurz wollte ich die Haare nicht." Mit diesen Worten fuhr sie sich mit der rechten Hand über ihre Glatze.

„Nein, du warst nicht beim Friseur, die Ärzte haben dir den Kopf rasiert, weil sie dich am Kopf operiert haben", sagte ich.

„Das stimmt doch nicht!" rief Mama aufgebracht und sah mich böse an, ich erwiderte.

„Doch, du hattest einen Unfall mit dem Fahrrad und da haben sie dich am Kopf operieren müssen." Mama dachte angestrengt nach und sagte.

"So was." Sie schien mir zu glauben.

„Oma geht es auch gut", sagte Gudrun.

„Mama?" fragte unsere Mutter und schien interessiert wie es ihrer Mutter ging.

„Ja, Oma geht es gut, sie lässt dich schön grüßen, sie war schon einmal da und hat dich besucht", sagte Gudrun.

„Was, wann?" fragte Mama und ich antwortete.

„Vor einigen Tagen aber du hast geschlafen." Dass Mama geschlafen hatte, stimmte natürlich nicht.

„So was", sagte Mama und schüttelte den Kopf. Sie konnte sich anscheinend nicht an Omas Besuch erinnern.

„Wir sind auch jeden Tag auf Besuch gekommen", sagte Gudrun.

„Wie meinst du, jeden Tag?" fragte Mama. Sie hatte vermutlich von den letzten vier Wochen nichts mitbekommen. Ich erklärte.

„Du liegst schon einige Zeit im Spital aber du hast meistens geschlafen."

„Was ist heute für ein Datum?" fragte Mama.

„Der 26. August", erklärte Gudrun.

„Und seit wann bin ich da?" fragte Mama.

„Seit 30. Juli", sagte Gudrun. Mama sagte.

"Das glaube ich nicht."

Man sah ihr richtig an wie sie verzweifelt versuchte sich zu erinnern und über alles nachzudenken. Sie seufzte und sagte wieder.

„Aber Ursula war da."

„Hast du mit ihr gesprochen?" fragte ich und sie antwortete.

„Nein, aber sie war da und hat mich besucht, nein, zu dem Friseur gehe ich nicht mehr, so kurz wie der mir die Haare geschnitten hat, ich wollte sie doch nicht so kurz." Sie fuhr sich wieder mit der Hand über ihren nackten Kopf und machte kreisende Bewegungen über ihre Glatze. Ihr Kopf war noch orange von dem Mittel das die Ärzte bei der Operation aufgetragen hatten. Die Schwester kam zu uns und erzählte, dass Mama ein wenig Fieber hätte, aber sie bekomme Antibiotika und sie hätten das im Griff. Mama deutet auf ihre Sauerstoffmaske und streckte die Hand danach aus. Ich gab ihr die Maske die neben ihrem Bett hing. Ich fragte sie, ob sie die Maske aufsetzen möchte und sie bejahte. Ich setzte sie ihr auf und Mama sagte.

"Mmmh, ist das gut."

"So viel frische Luft", sagte ich, „wie in den Bergen."

„Ja" sagte Mama und zog genüsslich die Luft ein. Der Sauerstoff tat ihr merklich gut. Sie lag dort und konzentrierte sich auf ihren Sauerstoff und atmete tief ein. Wir bemerkten, dass sie schon müde wurde, verabschiedeten uns und versprachen am nächsten Tag wieder zu kommen. Dass wir sie jeden Tag besuchten, wusste sie nicht mehr. Als ich mit Gudrun hinaus ging, beschloss ich nächsten Tag zu Hause zu bleiben. Meine Geschwister nahmen sich auch ab und zu eine Auszeit von den Besuchen und ich dachte, mir täte es einmal gut, wenn ich einen Tag nicht ins Spital fahre. Gudrun sagte, sie würde wieder mit Herwig Mama besuchen. Wir hatten alle nicht den Mut Mama alleine zu besuchen, weil wir nie wussten, was uns erwartete. Ich freute mich auf den morgigen Tag ohne einen Spitalsbesuch.

Dienstag, 27. August 2002

Als ich von der Firma nach Hause kam, kochte ich mir einen Gemüseauflauf und genoss das gute Essen. Ich hatte mich hauptsächlich von Brot ernährt und meine Hosen hingen an mir runter wie Säcke. Dann rief ich meinen Bruder an, was es im Spital Neues gab. Er sagte mir, dass es Mama unverändert ginge und er würde mit Gudrun ins Spital fahren und mich danach sofort anrufen. Ich machte meine Hausarbeit und hörte Musik. Dann legte ich mich auf die Couch und entspannte mich zur klassischen Musik. Jetzt erst fühlte ich wie angespannt ich immer war. Jürgen kam etwas früher von der Arbeit nach Hause und wir fuhren mit dem Fahrrad. Ich hatte das Handy bei mir, denn ich wartete auf den Anruf von meinen Geschwistern. Jürgen und ich beschlossen noch in einen Gastgarten zu fahren und ich genoss den schönen Tag. Wir kamen um sechs Uhr abends nach Hause und ich wunderte mich, dass noch niemand angerufen hatte. Ich wählte die Nummer von Gudrun und war doch ein wenig beunruhigt. Hat sich ihr Zustand verschlechtert? Gestern hatte Mama Fieber und möglicherweise ist das Fieber wieder gestiegen. Gudrun hob ab und erzählte.
„Ich konnte nicht früher anrufen, weil ich noch einiges zu erledigen hatte. Aber Mama geht es gut und stell dir vor, als wir zum Bett kamen, lag Mama mit hinter dem Kopf verschränkten Armen im Bett und sah umher. Sie begrüßte uns freudig und fragte ob wir sie abholten. Als die Schwester kam, entschuldigte sich Mama bei der Schwester, weil sie so lange geblieben war und das ist normal nicht ihre Art, so lange auf Besuch zu bleiben aber sie würde gleich nach Hause gehen, weil sie schon viel zu lange da war." Ich fragte,

"Was meinte sie damit?" Ich hatte keine Ahnung was mir Gudrun erzählte.

"Mama glaubte sie wäre bei der Schwester auf Besuch und jedes Mal, wenn die Schwester in der Nähe war, entschuldigte sich Mama für ihren langen Besuch und sie würde dann gleich gehen. Sie fragte uns ob wir ihr helfen würden, da sie nicht allein gehen könnte und ob wir sie rausschieben."

„Hat sie nicht bemerkt, dass sie im Krankenhaus ist, habt ihr Mama das nicht gesagt?" fragte ich.

„Natürlich erzählten wir ihr das, aber sie glaubte uns nicht und sagte wieder, sie war beim Friseur aber der hat ihr die Haare nicht ordentlich geschnitten, viel zu kurz und dann kam sie zu der Frau auf Besuch. Herwig fragte, wer die Frau ist und Mama erklärte ihm, dass sie das nicht wüsste aber sie hat die Frau beim Friseur kennen gelernt und dann ist sie auf Besuch zu dieser Frau gekommen. Sie will jetzt nach Hause aber allein kann sie nicht nach Hause gehen." Gudrun musste lachen, weil sich Mama mindesten fünfmal bei der Schwester für ihren langen Besuch entschuldigt hatte. Ich war fassungslos und fragte ob sie so verwirrt bleibe. Gudrun erzählte mir, dass Herwig einen Arzt fragte ob diese Verwirrtheit so bleibe. Aber der Arzt sagte, dass dies nach so vielen Narkosen üblich sei und es würde ein paar Tage dauern bis sie wieder normal wäre. Ich war ein wenig beruhigt und Gudrun erzählte, dass sie Mama immer wieder erklärte, dass sie sich im Spital befinde und nicht auf Besuch sei und die Frau würde eine Krankenschwester sein. Mama glaubte ihr nicht, und fuhr sich immer wieder mit der Hand kreisend über ihren nackten Kopf. Plötzlich fiel mir ein, das Gudrun sagte, dass Mama beide Hände hinter den Kopf verschränkt hatte. Ich fragte.

"Sie hatte beide Arme hinter den Kopf verschränkt, kann sie den linken Arm schon bewegen?" Gudrun sagte lange nichts und dann fiel ihr ein, dass ihr linker Arm vorher immer noch bewegungslos war.

„Ja, du hast recht, auf das habe ich gar nicht geachtet, weil Mama nur Blödsinn gesprochen hat", sagte Gudrun.

Wir freuten uns beide, dass sie anscheinend den linken Arm bewegen konnte und hofften das es jetzt endlich bergauf ging.

„Hatte sie noch Fieber?" fragte ich und Gudrun konnte mir diese Frage nicht beantworten. Sie war so mit Mamas Gerede beschäftigt das sie nicht darauf achtete. Ich fragte noch, ob sie Oma anrufen konnte und ihr über Mamas Gesundheitszustand Bescheid geben konnte und Gudrun bejahte. Wir verabredeten uns für nächsten Tag und ich war froh über die guten Nachrichten. Jürgen hat alles mitgehört und er freute sich mit mir über den guten Zustand von Mama. Wir mussten auch lachen, weil sich Mama immer wieder bei der Schwester entschuldigt hatte, aber wir hofften das sich ihre Verwirrtheit wieder normalisiert. Sie hatte auf der Station viel Morphium bekommen und wir vermuteten auch hier den Grund ihrer Verwirrtheit. Trotzdem ging es bergauf.

Mittwoch, 28. August 2002

Gudrun und ich trafen uns im Spital. Wir gingen wie üblich den langen Gang zur Intensivstation. Ich hatte mich wie immer luftig gekleidet, denn mit dem Mantel den wir anziehen mussten wurde mir immer warm. Wir klingelten und warteten auf die Schwester. Die Schwester steckte nur den Kopf bei der Tür heraus und sagte.

"Frau Binder ist heute verlegt worden."

„Was?" sagte ich, „wohin?" Die Schwester erklärte uns den Weg zur Neurochirurgie und sagte, sie haben von der Neurochirurgie einen Patienten bekommen und daher musste unsere Mutter, weil es ihr von den anderen Intensivpatienten am besten ging, hinauf zur Neurochirurgie. Gudrun und ich freuten uns über diese Nachricht und gingen den beschriebenen Weg zur Neurochirurgie. Ich bemerkte, dass es die Station war in der Mama bei der Einlieferung lag. Ich konnte mich an eine Schwester erinnern. Wir fragten nach unserer Mutter und gingen ins genannte Zimmer. Mama lag im Bett und sah umher. Sie sah uns an und wusste nicht wo sie war. Wir begrüßten sie und fragten sie wie es ihr gehe.

„Gut, wie immer", sagte Mama trotzig. Eine Frau die gegenüber im Bett lag, war aufgestanden. Sie kam zu uns rüber und fragte.

„Was hat sie denn?" Ich wollte mit ihr reden aber sie antwortet nicht." Gudrun erklärte der Frau, dass Mama eine Gehirnblutung hatte und sehr schlecht hört und von der Intensivstation verlegt worden sei. Ich war geschockt, weil Mama ganz alleine im Bett lag und nicht beobachtete wurde. Sie war immer noch verwirrt und wusste nicht wo sie sich befand. Mama war immer noch an einer kleinen Maschine die den Blutdruck kontrollierte und an einer Infusion angehängt. Auch den Katheder hatte sie noch. Plötzlich läutete bei Gudrun das Handy und sie ging raus um zu telefonieren. Im selben Moment kam ein Arzt herein und stellte sich neben Mamas Bett und sagte.

"Frau Binder heben sie beide Hände in die Höhe." Mama sah ihn an und reagierte nicht. Ich vermutete, dass sie den Arzt, weil sie so schwerhörig ist, nicht verstand. Ich sagte zu ihr sehr laut.

"Mama, kannst du beide Hände in die Höhe heben?" Sie sah mich an und hob beide Hände gerade in die Höhe und zitterte dabei. Ich war völlig erstaunt, dass Mama die Hände heben konnte. Der Arzt sah mich eigenartig an und ich erklärte, dass Mama sehr schwerhörig sei und er müsse mit ihr lauter sprechen. Er schlug die Bettdecke bei ihren Füssen zurück und sagte wieder sehr leise zu Mama.

"Können sie die Füße heben?" Mama sah ihn an und reagierte wieder nicht. Ich ärgerte mich, weil der Arzt wieder so leise mit ihr sprach, obwohl ich ihn darauf hinwies, dass sie schlecht hört. Ich sagte daher laut zu Mama.

"Kannst du die Füße heben?" Mama hob beide Beine kerzengerade ungefähr fünf Zentimeter in die Höhe. Der Arzt schlug die Bettdecke wieder zurück und ging ohne ein Wort zu sagen. Ich war sehr irritiert, dass er sich nicht freute, weil Mama dies alles machen konnte und verärgert, dass sich der Arzt nicht bemühte mit ihr laut zu sprechen. Ich lobte Mama überschwänglich, weil sie das so gut vorgezeigt hatte und sie sah mich komisch an. Gudrun kam rein und ich erzählte ihr aufgebracht was geschehen ist.

„Stell dir vor sie hat die Hände und Füße gehoben." Gudrun freute sich mit mir und verstand auch nicht, dass der Arzt so reagieren konnte. Ich sagte zu Gudrun ob sich die Ärzte nicht die Krankenakte von Mama gelesen hatten, da stand es doch drin, dass sie schwerhörig sei. Gudrun schüttelte den Kopf. Als eine

Schwester reinkam fragte ich sie, ob sie nicht wüssten das Mama schwerhörig sei und dass dies in den Krankenakten stand. Die Schwester sagte verärgert, dass sie die Patientin gerade auf die Station bekommen haben und noch keine Zeit dazu hatten sich die Akte durchzulesen. Gudrun und ich waren erschüttert. Sie war in der Intensivstation so gut betreut worden und hier kümmerte sich anscheinend niemand um sie. Zumindest trug sie ihre Brille und ich vermutete, dass sie ihr in der Intensivstation die Brillen aufgesetzt hatten. Wir waren über diese Behandlung hier schockiert und verärgert. Mama lag dort und sah umher und schien unseren Besuch nicht wahrzunehmen. Überhaupt kam sie mir sehr verwirrt vor. Um den Arm hatte sie eine Blutdruckmanschette gelegt. Plötzlich pumpte sich die Manschette von selber auf. Mama verzog schmerzhaft das Gesicht. „Was hast du?" fragte ich und sie antwortete.

„Das tut so weh." Ich holte die Schwester und erklärte ihr, dass meiner Mutter das Blutdruckmessen Schmerzen bereitete und die Schwester meinte nur, sie sei eben empfindlich. Ich dachte, Mama ist nie empfindlich aber vielleicht war sie auf Schmerzen jetzt sensibel. Mir tat Mama furchtbar leid und ich wünschte, ich könnte ihr die Schmerzen abnehmen. Ich fragte die Schwester ob das Messen denn unbedingt nötig sei und sie bejahte. Auch in der Nacht wurde alle fünfzehn Minuten der Blutdruck gemessen. Kurz darauf pumpte sich die Manschette wieder auf und Mama verzog wieder das Gesicht. Gudrun und ich standen hilflos daneben. Gudrun musste in die Arbeit fahren und ich versprach Mama, mit Herwig abends nochmals zu kommen. Wir verabschiedeten uns und fragten die Frau, die gegenüber von Mama lag, ob sie Hilfe holen könnte, wenn Mama Schmerzen hatte oder wenn sie irgendwie auffällig wäre, weil sie war nicht fähig die Klingel zu betätigen, weil sie immer noch völlig verwirrt war. Die Frau versprach es uns und wir waren eine wenig beruhigt. Gudrun und ich redeten als wir zum Auto gingen und wir wünschten uns, dass Mama noch auf der Intensivstation mit der hervorragenden Betreuung wäre und nicht ungeschützt und ausgeliefert in der Neurochirurgie. Als ich heimkam rief ich Herwig an und verabredete mich mit ihm um sechs Uhr beim Krankenhaus. Jürgen kam von der Arbeit nach Hause und ich erzählte ihm vom Besuch im Krankenhaus und das sie verlegt worden war. Jürgen sagte, er würde mich zum Krankenhaus hinfahren und Mama auch besuchen. Ich erzählte ihm, dass es ihr schon viel besser ginge und sie schon gut aussah. Wir machten noch einen kleinen Spaziergang und fuhren dann ins Spital. Herwig war schon dort und wir gingen gemeinsam zur Station. Wir betraten das Zimmer und Mama lag immer noch so dort wie beim Nachmittagsbesuch. Sie sah uns an und streckte uns die Hand entgegen. Wir schüttelten ihre Hand und begrüßten sie. Jürgen sah Mama ganz eigenartig an, ich war sicher er hatte sich ihren Anblick anders vorgestellt. Wir erzählten ihr, dass sie im Spital sei, weil sie einen Unfall hatte und sie sah uns an und sagte nichts. Ab und zu schüttelte sie den Kopf und fuhr sich mit der Hand mit kreisenden Bewegungen über den Kopf. Dann erzählte sie wieder, dass Ursula sie besucht hätte und sie würde wiederkommen. Ich sagte ihr, sie hätte das nur geträumt und sie antwortete mir das sie natürlich nicht hier besucht wurde, sondern zu Hause. Sie sah mich trotzig an, weil ich ihr nicht glaubte. Ich ging dann zu der Frau gegenüber und fragte sie, ob mit Mama alles in Ordnung war. Die Frau bejahte und sagte, dass sich das Personal gut um sie kümmerte. Ich hatte nicht den Eindruck, dass dies stimmte. Herwig erzählte Mama, dass wir sie jeden Tag besuchen würden und richteten ihr schöne Grüße von Oma aus. Dann verabschiedeten wir uns, weil Mama ständig gähnte. Als wir rausgingen saßen die zwei Pfleger vom Nachtdienst bei der Infostelle. Wir gingen hin und ich äußerte Bedenken, dass Mama aus dem Bett fallen könnte, weil wenn sie auf die Toilette müsste, würde sie versuchen aufzustehen. Ich bat darum öfters nach Mama zu sehen. Die Pfleger sagten, das sei unmöglich, sie wären nur zu zweit und hätten gut zwanzig Patienten zu betreuen. Aber wenn es uns nicht passt sollten wir uns beschweren. Herwig fragte wie sie das meinten und sie sagten wir sollten uns bei der Beschwerdeabteilung im Krankenhaus beschweren, dann würden sie vielleicht Personal aufstocken und ihnen wäre auch geholfen. Wir fragten wo dieses Büro sei und ein Pfleger erklärte es uns. Das Büro würde jedoch nur tagsüber besetzt sein. Wir fragten nochmals ob sie ausnahmsweise öfters bei Mama nachsehen konnten und kamen uns vor wie Bittsteller. Der Pfleger sagte, unsere Mutter würde sicher nicht aufstehen, dazu wäre sie gar nicht fähig. Wir gingen, denn es war sinnlos weiter zu diskutieren. Herwig und ich hatten ein sehr ungutes Gefühl. Ich sagte, ich würde gleich morgen früh anrufen und fragen wie es Mama gehe. Jürgen und ich stiegen ins Auto und Jürgen sagte er wäre schockiert wie Mama aussehe. Ich sagte, sie sieht doch schon gut aus und Jürgen meinte, dass Mama im Gesicht völlig aufgeschwemmt sei und sie hatte einen furchtbaren Ausschlag. Ich erwiderte, dass sie schon gegen vorher, ganz schön aussieht. Ich dachte, Jürgen verglich ihren Zustand als sie noch gesund war. Ich verglich ihr Aussehen mit dem jetzigen Stand und dem Zustand auf der Intensivstation und mit dem von der Pflasterallergie teils blutigen Hautausschlag. Daher waren mir ihr aufgequollenes Gesicht mit den rötlichen Wunden und der abgestorbenen Haut nicht weiter aufgefallen. Sie konnte eigenständig atmen, war nicht mehr an mehreren Maschinen angeschlossen und hatte keine Schläuche in der Nase oder im Mund. Wir redeten noch ein wenig und gingen bald schlafen. Ich lag lange wach und machte mir Sorgen. Ich hoffte, die Frau in ihrem Zimmer würde auf sie aufpassen.

Donnerstag, 29. August 2002

Ich war morgens bald wach und stand gleich auf. Ich
wollte im Spital anrufen wie es meiner Mutter ging. Es
war kurz vor 5:30 Uhr und ich hatte Herzklopfen und
war sehr unruhig und nervös. Ich nahm
Beruhigungstropfen und erst dann war ich fähig zu
telefonieren. Es läutet oft, bis endlich der Hörer
abgehoben wurde. Ich stellte mich vor und fragte nach
Mama. Der Pfleger war aufgeregt und erklärte mir.
"Ihre Mutter ist heute Nacht aus dem Bett gefallen und
wir haben sie am Boden gefunden." Ich war wie
gelähmt, fasste mich aber schnell wieder.
„Und wie geht es ihr, ist sie verletzt?" fragte ich und
meine Stimme kippte. Ich zitterte und mir wurde
schlecht. Der Pfleger antwortete.
"Nein, sie ist nicht verletzt, aber sie wollte in der Nacht
auf die Toilette und ist aus dem Bett gefallen, aber es
geht ihr gut." Ich bedankte mich und legte auf. Ich
zitterte und fing an zu weinen. Meine Nerven waren
derart angespannt das ich mich nicht mehr
beherrschen konnte. Jürgen war bereits in der Arbeit
und ich hatte niemanden mit dem ich reden konnte.
Nach zehn Minuten hatte ich mich etwas beruhigt und
ich rief Jürgen an. Ich erzählte ihm alles und Jürgen
war geschockt. Er sagte, er würde einen uns
bekannten Primar anrufen und ihn ersuchen, ob er
sich über Mama erkundigen könnte. Ich beruhigte
mich wieder und rief Herwig zu Hause an. Herwig war
auch schockiert, wir hatten die Pfleger doch darauf
hingewiesen was passieren konnte. Mein Bruder klang
sehr hilflos und sagte, wir müssten etwas
unternehmen. Ich fragte was er unternehmen wollte,
aber er wusste keine Antwort. Ich fühlte mich machtlos
und alleine. Kurz bevor ich in die Arbeit fuhr, rief ich
Gudrun an und erzählte ihr was geschehen war.

Gudrun versprach gleich am Vormittag ins Spital zu fahren und sich genau zu erkundigen was passiert war. Ich beruhigte mich wieder und machte mich auf den Weg zur Arbeit. Natürlich dachte ich ständig an Mama und hoffte, dass Gudrun bald bei ihr sein würde. Als ich Mittag nach Hause kam, rief ich Gudrun an und sie sagte mir, sie wäre noch im Spital. Sie würde Mama gerade füttern, weil die Schwester hätte ihr den vollen Teller auf den Tisch gestellt und sei gegangen. Mama sah ihr Essen an und wusste nicht was sie tun sollte. Gudrun versuchte ihr den Löffel in die Hand zu drücken aber Mama hatte keine Kraft den Löffel zu halten. Sie versprach sofort zurückzurufen, wenn sie mit der Essensgabe fertig wäre. Ich war wieder schockiert. Mama war bereits gestern Mittag verlegt worden. Hatte sie möglicherweise nie etwas gegessen, weil sie selber gar nicht fähig gewesen war? Ich war völlig fertig mit den Nerven. Plötzlich klingelte das Telefon. Gudrun war dran und sie sagte, sie würde gleich vorbeikommen. Kurz darauf war sie bei mir. Ich erzählte ihr nochmals von Mama was der Pfleger mir morgens berichtet hatte und sie erzählte mir.

"Als ich ins Spital kam, lag Mama im Bett und sah sich um. Ich fragte eine Schwester was in der Nacht passiert sei und die Schwester sagte es sei gar nichts passiert. Ich sagte, dass unsere Mutter aus dem Bett gefallen sei und die Schwester behauptete, das stimme nicht. Dann rief die Frau, die gegenüber von Mama lag, Frau Binder ist aus dem Bett gefallen und ich bin aufgewacht, weil sie so laut gerufen hat. Ich fragte, was sie gerufen hat und die Frau sagte, sie hat geschrien, helft mir, Hilfe, helft mir doch. Die Frau hat dann sofort geläutet und die Pfleger sind sofort gekommen und haben sie ins Bett gehoben. Sie wurde auch gleich gefragt ob sie Schmerzen hätte, aber Mama verneinte."

Ich war völlig fassungslos. Die Schwester wusste nicht was passiert war oder wollte es vertuschen. Gudrun sagte, dass sie mit einem Arzt sprach und auch dieser sagte, dass Mama nicht aus dem Bett gefallen ist. Ich fragte, mit wem sie gesprochen hatte und Gudrun wusste es nicht mehr. Ich sagte, ich rufe den ärztlichen Leiter von der Neurochirurgie an. Gudrun meinte ich solle mich beruhigen und ich könnte in meinen Zustand nicht anrufen. Ich nahm eine starke Beruhigungstablette und nach zehn Minuten ging es mir besser. Ich rief im Spital an und verlangte den ärztlichen Leiter der Station. Ich wurde prompt verbunden und ich erzählte dem Arzt, dass meine Mutter auf seiner Station lag und sehr verwirrt sei. Ich erzählte ihm die Krankengeschichte und das Mama aus dem Bett gefallen sei und wir uns große Sorgen machten, dass dies nochmals passiert. Er sagte, er war bis jetzt noch nicht auf der Station, weil er ständig operiert habe aber er versprach sich darum zu kümmern und ich sollte am Abend nochmals anrufen, dann kann er mir Details sagen. Ich war etwas beruhigt und Gudrun und ich redeten über den Vorfall im Spital. Wir vereinbarten am Abend gemeinsam ins Spital zu fahren und mit dem Arzt persönlich zu sprechen. Gudrun fuhr in die Arbeit und ich war wie gelähmt. Ich dachte, jetzt hat sie die vier Wochen Intensivstation überstanden und jetzt würde sie in der Neurochirurgie möglicherweise sterben. Jürgen kam von der Arbeit heim und ich erzählte ihm alles. Jürgen war auch sehr erschüttert und er sagte, er würde am Abend zu seinem Freund fahren, der ein sehr guter Freund von dem Primar ist und ihn um Hilfe bitten. Ich freute mich, dass Jürgen für meine Mutter dies tat, weil es ihm eine große Überwindung kostete, jemanden um etwas bitten zu müssen. Jürgen aß schnell ein Brot und fuhr dann zu seinem Freund. Ich zog mich an und schminkte mich, denn Gudrun würde mich jederzeit abholen. Als Gudrun kam, war es bereits neunzehn Uhr und die Besuchszeit war in einer halben Stunde vorbei, aber das war uns egal. Ich erzählte ihr, dass Jürgen versuchen werde mit einem, uns bekannten Primar zu sprechen und ihn um Hilfe bitten werde. Gudrun war erleichtert, dass wir etwas gegen den Vorfall unternehmen konnten. Wir kamen im Spital an und gingen zu Mama. Sie lag dort und sah teilnahmslos umher. Sie freute sich sichtlich, als sie uns sah und begrüßte uns, indem sie uns die Hand entgegenstreckte. Ich ging zur Schwester und fragte ob der ärztliche Leiter hier sei, weil ich mit ihm sprechen wollte. Die Schwester versprach den Arzt anzurufen. Ich blieb stehen und drängte darauf, dass sie sofort anrief. Widerwillig griff sie zum Hörer und rief an. Ich hörte, wie sie mit dem Arzt sprach und sagte dann zu mir, der Doktor werde ins Zimmer meiner Mutter kommen. Ich nickte und ging wieder zu Mama ins Zimmer. Wir fragten die anderen zwei Patienten ob die Schwester heute Abend Mama gefüttert hätte. Eine Frau bejahte. Wir erzählten Mama wieder, dass sie einen Unfall hatte und im Spital sei, und Mama sah uns überrascht an. Ich wusste nicht, ob sie uns verstand und die Situation erfassen konnte. Der Arzt kam herein und fragte mit wem er sprechen sollte. Ich sagte mit uns und fragte den Arzt was getan wird, damit Mama nicht nochmals aus dem Bett fiel. Er fragte mich abfällig, ob ich eine Lehrerin sei und ich verneinte. Er schien verärgert, weil wir ihn von der Schwester holen ließen und sagte.

„Ihre Mutter wird ab heute mit einem Gurt fixiert, damit sie nicht mehr rausfallen kann, sie ist aber dann bewegungslos." Ich war schockiert über die Kälte des Arztes. Meine Schwester sagte.

„Sie können sie doch nicht anbinden, sie kann sich ja nicht mehr rühren!" Der Arzt sah sie an und erwiderte.

„Sie wird fixiert und mehr können wir nicht machen, auch wenn sie sich wehrt, dann müssen wir ihre Mutter eben niederspritzen." Er drehte sich um und ging. Gudrun und ich waren schockiert. Das gesamte Personal auf der Intensivstation war hervorragend und freundlich gewesen aber auf dieser Station war alles anders. Ich sagte zu Gudrun, ich gehe jetzt zur Schwester und frage wie sie Mama anbinden. Ich fragte die Schwester was sie jetzt machen und sie erklärte mir, dass sie mit einem Gurt fixiert wird. Ich drängte die Schwester, mir diesen Gurt zu zeigen und die Schwester ging widerwillig und holte den Gurt. Sie zeigte mir einen langen, ziemlich breiten Gurt aus Stoff wo ein Teil um das Bett gegurtet wurde und der andere Teil um den Bauch des Patienten. Mama konnte sich damit seitlich drehen aber nicht auf den Bauch. Sie konnte auch nicht aufstehen, aber sich aufsetzen. Aber Mama konnte sowieso nur den Kopf heben, zum alleine aufsitzen war sie noch viel zu schwach. Sie dürfte in der Nacht, als sie aus dem Bett gefallen war, mit den Füssen versucht haben aufzustehen und war dann, weil sie nicht stehen konnte, vermutlich umgefallen. Ich ging mit der Schwester ins Zimmer von Mama und zeigte Gudrun den Gurt. Die Schwester sagte zu Mama.

„Heute werden sie angehängt." Mama sah die Schwester an und sagte leise.

"Wie ein geschlagener Hund." Gudrun und ich sahen uns an und mir zerbrach es fast das Herz. Aber wir sahen ein, dass sie angehängt werden musste, damit sie nicht nochmals aus dem Bett stieg und möglicherweise auf ihren oft operierten Kopf fiel. Es war bereits 20:30 Uhr und die Besuchszeit war bereits seit einer Stunde zu Ende. Wir verabschiedeten uns von Mama und gingen. Gudrun und ich fühlten uns nicht wohl bei den Gedanken, dass Mama angegurtet wurde und ich bekam Magenschmerzen. Aber wir konnten ihr das nicht ersparen. Wir redeten noch über den heutigen furchtbaren Tag und Gudrun fuhr mich heim. Jürgen wartete schon zu Hause und erzählte mir, dass er telefonisch mit dem Primar gesprochen hatte und der Primar werde sich über Mama erkundigen und ich solle ihn morgen Abend anrufen. Ich war überglücklich über diese Nachricht und wieder etwas beruhigt. In der Nacht lag ich noch lange wach und konnte nicht einschlafen.

Freitag, 30. August 2002

Als ich morgens aufwachte war ich völlig gerädert. Ich dachte an Mama und ich beschloss gleich im Spital anzurufen. Ich hatte ein ungutes Gefühl als ich anrief. Nach längerem Läuten hob eine Schwester ab. Ich fragte nach dem Befinden von Mama und sie sagte, dass Mama gut geschlafen hatte und sie schon wach sei. Ich bedankte mich und war froh das nichts Außergewöhnliches passiert war. Plötzlich fiel mir ein, dass ich der ganzen Verwandtschaft versprochen hatte Bescheid zu geben, wenn Mama von Intensivstation verlegt worden ist. Ich dachte, wenn sie von ihren fünf Geschwistern Besuch bekam, dann wäre sie kaum alleine. Es wäre auch für mich und meine Geschwister eine große Erleichterung, wenn wir einmal einen Tag nicht ins Spital mussten. Ich nahm mir vor, gleich nach der Arbeit alle anzurufen. Da Mama immer noch sehr verwirrt war und ich nicht wusste wie ihre Geschwister auf sie reagierten, rief ich Gudrun an und sagte, dass ich die Verwandten verständige. Wir beschlossen abwechselnd mit ihren Geschwistern ins Spital zu fahren um sie vorher auf Mama vorzubereiten. Ich dachte an Jürgen wie geschockt er war als er Mama das erste Mal sah und den anderen würde es auch nicht anders ergehen. Gut gelaunt fuhr ich in die Arbeit. Als ich mittags nach Hause kam konnte ich nichts essen, sondern rief sofort Oma und alle Tanten und Onkeln an. Ihr Bruder Konrad und seine Frau erklärten sich sofort bereit, am Samstag mit mir und Gudrun ins Spital zu fahren. Mein Bruder besuchte mittags mit seiner Frau unsere Mutter und Gudrun und ich würden am Abend zu ihr fahren. So wäre Mama selten alleine. Um achtzehn Uhr fuhr Jürgen mich ins Spital wo Gudrun auf mich wartete. Jürgen erinnerte mich, ich sollte den Primar anrufen, der sich über Mama erkundigt hatte. Ich wählte die Nummer vom Privattelefon vom Primar und er meldete sich gleich. Ich stellte mich vor und fragte ihn, ob er im Spital angerufen hatte und er erklärte.

"Ja, ich habe angerufen und habe mich erkundigt. Der leitende Arzt erzählte mir, dass ihre Mutter einen verheerenden Gehirnschlag hatte und die Folgen noch nicht absehbar sind und er hat auch gleich zugegeben, dass ihre Mutter aus dem Bett gefallen ist und sie jetzt angegurtet wird. Er war auch sehr freundlich und versprach sich um ihre Mutter persönlich zu kümmern. Ich sagte ihm, dass auch in meinem Spital etwas passieren kann, aber so etwas darf nicht passieren. Die Folgen von so einen Sturz können von einen Oberschenkelbruch bis zum Schädelbruch schrecklich enden." Ich bedankte mich überschwänglich für den Freundschaftsdienst den mir der Primar erwiesen hatte und beendete das Gespräch. Ich erzählte es sofort Jürgen und Gudrun und wir freuten uns, weil sich der Primar für Mama eingesetzt hatte. Gudrun und ich verabschiedeten uns von Jürgen und gingen zu Mama. Als wir eintraten sahen wir einen Pfleger, der dabei war als Mama aus dem Bett fiel und er fragte uns.

"Ist alles zu ihrer Zufriedenheit?" Gudrun und ich sahen uns an und waren völlig überrascht.

„Ja", sagte ich, weil ich nicht wusste was ich sagen sollte und wunderte mich über diese Freundlichkeit. Hatte der Anruf von unserem Primar dies bewirkt? Wir gingen zu Mama. Sie begrüßte uns und fragte. „Wann habe ich mir die Haare schneiden lassen?" Wir erklärten ihr.

„Du bist im Spital und du wurdest am Kopf operiert und die Schwester rasierte dir den Kopf." Mama fragte weiter.

„Warum wurde ich operiert?" Ich antwortete.

„Du hattest einen Unfall mit dem Fahrrad." Sie schüttelte den Kopf und sagte.

„Das glaube ich nicht." Ich fragte sie, ob Herwig sie heute schon besuchte, aber sie schüttelte den Kopf und sagte entrüstet.

„Nein!" Eine andere Patientin sagte uns, dass Mittag schon jemand zu Besuch war, ein Mann und eine Frau. Mama sah die Patientin böse an. Gudrun und ich waren fassungslos. Mama konnte sich nicht erinnern, dass ihr Sohn sie heute schon besucht hatte. Jetzt sah ich, dass sie immer noch das Kabel hatte, das direkt beim Herz in die Haut ging und ich musste daran denken ob das Kabel aus der Haut gerissen wurde als sie aus dem Bett fiel. Bei dem Gedanken wurde mir übel. Plötzlich pumpte sich wieder die Manschette des Blutdruckmessers auf und Mama wandte und krümmte sich vor Schmerzen. Ich riss in meiner Verzweiflung die Manschette von ihrem Arm. Mama sah mich dankbar an. Das aufpumpen der Manschette verursachte ihr offensichtlich starke Schmerzen. Oder war sie nur so empfindlich? Ich stand mit der Manschette in der Hand da, als der Pfleger reinkam. Ich erklärte ihm, dass ich sie entfernte, weil Mama Schmerzen hatte, als sie sich aufpumpte. Der Pfleger sagte.

"Warum tun sie das, der Blutdruck gehört alle fünfzehn Minuten aufgezeichnet, jetzt muss ich sie wieder anlegen." Ich war völlig verzweifelt, am liebsten hätte ich losgeweint denn meine Nerven waren schon überstrapaziert. Gudrun sagte.

„Aber es hat ihr so weh getan." Der Pfleger sagte nichts und ging. Mama hörte zu und schwieg. Ich fragte sie ob sie angegurtet sei und sie sagte ja. Ich sah unter der Decke nach und sah wie der Gurt über ihren Bauch ging. Sie hatte einigermaßen Bewegungsfreiheit und ich fragte Mama ob sie mit dem Gurt schlafen konnte. Mama nickte und sah mich eigenartig an, als ob sie mich nicht verstanden hätte. Sie sah uns ernst an und fragte leise.

"Kann ich mit euch heimgehen, aber ihr müsst mir helfen, ich kann nicht aufstehen." Gudrun sagte.

"Nein, du musst noch hierbleiben aber wir besuchen dich jeden Tag." Sie schien uns nicht zu glauben. Ich fragte.

„Hast du schon zu Abend gegessen?" Mama schüttelte den Kopf. Die Patientin neben ihr sagte uns, dass die Schwester sie gefüttert hätte. Mama sah die Frau böse an. Sie konnte sich an nichts erinnern. Mama sagte, dass sie dringend auf die Toilette musste. Ich holte den Pfleger und er fragte Mama ob sie groß oder klein musste. Mama sagte klein und der Pfleger sagte sie solle es einfach laufen lassen. Mama sah ihn verzweifelt an. Der Pfleger ging und ich erklärte ihr, dass sie einen Katheder hatte und wenn sie es laufen lasse, lief alles in den Katheder hinein. Ich sah hinunter zum Katheder und sah aber nichts laufen. Ich ging raus und erzählte der Schwester das Mama musste, aber sie lasse es nicht laufen. Die Schwester holte ein Gerät und ging mit mir ins Zimmer. Sie schob ihr Nachthemd hinauf und fuhr ihr mit dem Gerät über den Bauch. Erst jetzt sah ich, dass es ein Ultraschallgerät war.

„Die Blase ist übervoll, achthundert Milliliter", sagte die Schwester zu mir.

„Ich muss sie anzapfen und das ablassen, warten sie bitte draußen." Ich war dankbar, weil sich die Schwester um Mama kümmerte. Gudrun und ich gingen nach draußen und warteten zehn Minuten. Die Schwester kam heraus und sagte, wir könnten wieder hineingehen. Mama lag dort und sah umher. Ich fragte sie, ob sie noch auf die Toilette musste und Mama sagte.

„Nein, warum?" Ich sagte nichts mehr, sie hatte anscheinend vergessen, dass sie dringend musste.

Gudrun und ich waren fassungslos, dass Mama sich überhaupt nichts merkte. Wir hofften, dass sich das besserte. Wir richteten ihr Bettzeug und Mama griff sich ständig an ihr Handgelenk. Ich fragte sie, ob sie Schmerzen hätte und Mama schwieg. Die Patientin gegenüber erzählte uns, dass Mama heute zum Röntgen geholt wurde, weil sie jammerte, dass ihr die Hand weh tat. Mama sah die Frau böse an. Wir vermuteten, dass sie sich das Handgelenk beim Sturz geprellt oder verstaucht hatte. Aber die Hand war nicht verbunden oder eingegipst. Ich nahm mir vor, das weiter zu beobachten und falls es sich verschlechterte, mit dem Arzt zu sprechen. Ich ärgerte mich, weil wir auf dieser Station über nichts informiert wurden. Weder die Ärzte noch das Pflegepersonal fanden es nötig, uns über Untersuchungen zu informieren. Wir verabschiedeten uns bald und gingen. Als wir beim Schwesterninfo vorbeigingen sahen wir, dass das Personal auf drei Nachtdienstschwestern erhöht wurde. Eine Schwester rief uns zu sich und erzählte, dass Mama ab jetzt immer in der Nacht mit dem Bett in ein Einzelzimmer neben dem Schwesternzimmer geschoben werde, damit sie öfters nach ihr sehen konnten und die anderen Patienten nicht aufweckten. Wir bedankten uns und ich dachte mit Dankbarkeit an den Primar, der das anscheinend bewirkt hatte. Als wir zum Ausgang kamen wartet Jürgen bereits auf uns. Wir fuhren nach Hause und wieder schlief ich sehr schlecht.

Samstag, 31. August 2002

Mein Bruder rief mich am Vormittag an und sagte mir, dass er bereits am frühen Nachmittag mit seiner Frau ins Spital fahren würde. Ich war erleichtert, denn ich konnte den ganzen Tag nutzen und erst gegen Abend ins Spital fahren. Ich rief Gudrun und Onkel Konrad an, der mit seiner Frau heute mitfahren wollte. Wir verabredeten uns alle um achtzehn Uhr im Spital. Jürgen und ich fuhren zu unserem Garten und wir genossen den schönen Tag. Um siebzehn Uhr fuhren wir ins Krankenhaus und Jürgen wartete bis Gudrun kam und fuhr dann zu einem Freund. Es war erst zehn Minuten vor sechs und wir beschlossen gleich auf die Station zu gehen. Mama lag da und begrüßte uns freudig. Plötzlich pumpte sich wieder der Blutdruckmesser auf und ich hatte Angst, dass Mama wieder vor Schmerzen wimmerte. Aber nichts geschah. Ich fragte sie, ob ihr das Aufpumpen nicht mehr weh tat und Mama erzählte.
„Gerade als die Schwester hier war, hat es den Blutdruckmesser beim aufpumpen zerrissen." Mama schien völlig klar im Kopf zu sein, aber ich glaubte ihr nicht. Ich fragte.
"Bist du sicher, dass er zerrissen ist?"
„Natürlich", sagte Mama verärgert und sah mich böse an. Die Patientin neben ihr sagte.
„Ja, das stimmt was ihre Mutter sagt, ich habe es gesehen." Mama sah mich triumphierend an, weil sie recht hatte und erzählte.
"Ich war so froh, dass die Schwester neben mir stand als er zerrissen ist, weil sonst hätte sie mir das sicher nicht geglaubt, sondern dachte vielleicht, ich habe ihn kaputt gemacht. Und jetzt habe ich einen neuen Blutdruckmesser bekommen, der tut nicht mehr weh."

Mama grinste, als würde sie sich über ihr Erlebnis freuen. Ich sagte zu Gudrun.

"Darum hatte sie so Schmerzen, die Manschette hat sich extrem aufgepumpt." Gudrun nickte betroffen und wir wunderten uns, dass das Personal dies nicht bemerkte. Mama redete weiter.

„Ich bin in der Nacht aus dem Bett gefallen und der Pfleger hatte sich neben mich auf den Boden gelegt, als er morgens die Zeitungen ausgetragen hatte und sie gefragt was sie am Boden mache und ich habe zu ihm gesagt", erzählte Mama stolz, „das gleiche kann ich sie fragen. Der Pfleger war ganz geschockt und holte den zweiten Pfleger und dann haben sie mich ins Bett gehoben." Mama redete und redete. Gudrun und ich waren völlig überrascht, weil sie ununterbrochen redete. Mama genoss es sichtlich im Mittelpunkt zu stehen. Ich fragte sie, ob ihr Handgelenk noch weht tat und sie schüttelte den Kopf und sah mich fragend an. Ich erklärte ihr, dass sie gestern Schmerzen hatte und geröntgt wurde. Mama sah ihre Hand an und sagte nichts. Ich wollte nicht weiter fragen und sah auf die Uhr. Es war bereits nach sechs Uhr und ich sagte zu Mama, dass sie noch Besuch von ihren Bruder Konrad und seiner Frau bekäme, aber sie glaubte mir nicht. „Ich gehe sie jetzt holen!" sagte ich zu ihr. Mama schüttelte den Kopf. Ich lief die Treppen hinunter und mein Onkel wartete bereits auf mich. Ich erzählte ihnen kurz, Mama sei jetzt ganz klar im Kopf, aber möglicherweise änderte sich das wieder. Meine Tante fragte mich, was sie mit ihr reden sollten und ich erklärte, dass meine Mutter selbst sehr viel rede. Sie schüttelten den Kopf, weil Mama nie viel geredet hatte und sie glaubten mir nicht. Wir gingen hinauf und ich bereitete sie darauf vor, dass Mama eine Glatze hatte und im Gesicht von der Pflasterallergie noch ziemlich verkrustet und voller roter Flecken war. Als wir ins Zimmer eintraten, begrüßte Mama freudig ihren

Bruder und seine Frau und streckte ihnen die Hand entgegen. Sie erzählte in rasender Geschwindigkeit alles was sie uns gerade erzählt hatte und wir lachten, weil alles so witzig klang. Immer noch hatte sie ihre Mickymausstimme und sie genoss es sichtlich das sich alles um sie drehte. Sie sagte.

„Ich hatte einen Unfall mit dem Fahrrad, aber es geht mir schon ganz gut und ich habe mir schon einen Rollstuhl bestellt und das Bett gehört mir das nehme ich mir wieder nach Hause mit. Aber ihr müsst mir helfen und mich rausschieben." Wir standen da und wussten nicht was wir sagen sollten, aber ich fasste mich schnell und sprach.

"Nein, das Bett gehört dem Krankenhaus und du hast dir doch keinen Rollstuhl bestellt." Sie sah mich böse an und erwiderte.

"Natürlich habe ich mir einen Rollstuhl bestellt." Ich schwieg, weil sie sich aufregte und wütend wurde. „Und das Bett gehört mir!" schrie sie mich an. Ich sah sie an und sagte bestimmt.

"Nein, das Bett gehört nicht dir, das gehört dem Krankenhaus." Sie sah mich an und hatte einen wütenden Gesichtsausdruck. Die anderen sprachen kein Wort und wussten nicht was sie tun sollten. Sie drehte den Kopf von mir weg als würde ich nicht mehr existieren und ignorierte mich. Dann wandte sie sich den anderen Besuch zu und erzählte zum dritten Mal wie sie aus dem Bett gefallen ist und der Pfleger neben ihr auf den Boden lag. Sie dichtete wieder ein wenig dazu um alles noch viel dramatischer darzustellen und sie fühlte sich sichtlich wohl, weil jeder ihr zuhörte. Ich bemerkte wie sie müde wurde, denn sie fing an zu lallen und schloss ab und zu die Augen. Aber sie redete und redete. Inzwischen waren vierzig Minuten vergangen und ich drängte, den Besuch zu beenden. Mama gab uns alle die Hand und schien vergessen zu haben, dass sie auf mich böse war. Sie bedankte sich für den Besuch und legte sich zufrieden, aber erschöpft in ihr Kissen. Die Schwester kam und sah nach, ob der Gurt ordentlich angelegt war, deckte sie wieder zu und sagte zu Mama, dass sie wieder ins Einzelzimmer geschoben wird. Mama sah sie verzweifelt an und sagte sie würde lieber bei den anderen Patienten im Zimmer bleiben, denn da könnte sie sich unterhalten. Die Schwester sah uns an und Gudrun sagte, wenn sie lieber im Zimmer bleiben wollte, sollten wir sie lassen. Ich nickte und die Schwester meinte, wenn sie als Angehörige das wollen, dann darf sie im Zimmer bleiben. Aber der Gurt muss angelegt bleiben, sagte die Schwester. Wir nickten und auch Mama schien einverstanden zu sein. Sie war froh, weil sie im Zimmer bleiben konnte. Wir gingen und Mama winkte uns lachend nach. Wir waren erleichtert, weil sich Mama selbst verständigen konnte. Gudrun fuhr mich heim. Zuhause wartete Jürgen schon auf mich und ich erzählte ihm alles. Wie jeden Tag rief ich Oma an und berichtete ihr die Neuigkeiten. Oma freute sich das es bergauf ging. Ich hatte Dank meiner Tabletten und der positiven Entwicklung von Mama wieder bessere Nerven. Ich dachte, wenn sie nicht so schnell im Spital gelandet wäre, sähe es jetzt schlimmer aus oder sie hätte sterben müssen. Ich beschloss die Rettung anzurufen um mir die Daten der Person, die damals die Rettung verständigt hatte, durchgeben zu lassen um mich zu bedanken. Der Herr am Telefon erklärte mir, dass er telefonisch keine Auskunft geben konnte, aber ich sollte schriftlich anfragen. Ich setzte mich zum Computer und schrieb ein E-Mail an das Rote Kreuz.

Sonntag, 1. September 2002

Am Morgen, als ich erwachte, dachte ich über die letzten Wochen, seit Mama die Gehirnblutung hatte nach, und war froh das ihr Zustand sich von Tag zu Tag besserte. Mir fiel ein, dass zwei Freundinnen von Mama meine Oma schon oft angerufen hatten und fragten, wann sie Mama besuchen konnten. Ich wählte gleich die Nummer von einer Freundin von Mama, die ich schon seit meiner Kindheit kannte und sie hob sofort ab. Ich erzählte ihr, dass Mama von der Intensivstation verlegt worden sei und sie könnte jederzeit zu Besuch kommen. Sie freute sich, dass ich sie verständigt hatte und sagte sie würde Mama gleich am Dienstag besuchen. Ich erzählte ihr den Verlauf der Krankheit und sie war sichtlich geschockt über das Ausmaß der Gehirnblutung. Sie stellte mir viele Fragen und ich beantwortete sie, das Gespräch tat mir gut und ich dachte je mehr die Anderen darüber wussten, umso besser könnten sie mit der Situation bei den Besuchen umgehen. Auch die andere Freundin verständigte ich. Diese beiden Anrufe hatten mich über eine Stunde Zeit gekostet, aber alle waren erfreut, Informationen zu erhalten. Ich dachte an das Rote Kreuz und schaltete den Computer ein, um zu sehen ob bereits eine Nachricht eingetroffen war. Aber ich hatte kein E-Mail empfangen. Etwas enttäuscht schaltete ich den Computer ab, ich hatte gehofft den Namen vom Lebensretter meiner Mutter zu erfahren. Jürgen und ich fuhren nachmittags gemeinsam ins Spital. Ich rechnete damit, dass einer von Mamas Geschwister heute auf Besuch kommen würde, aber keiner meldete sich. Wir gingen zur Neurochirurgie und ich war froh, weil es eine normale Station war wo man keine Mäntel mehr anziehen musste. Jürgen hasste Spitalsbesuche und ich spürte, dass er sich nicht wohl fühlte. Als wir zu Mama kamen, freute sie sich uns zu sehen. Sie begrüßte uns und fragte mich ganz ernst, in welchen Spital sie sei und warum. Ich war überrascht wie klar sie heute im Kopf war und anscheinend hatte sie begriffen das sie sich im Spital befand. Ich erklärte ihr, dass sie mit dem Fahrrad einen Unfall hatte und am Kopf operiert wurde und dass sie im Neurologiezentrum sei. Sie fragte mich, warum sie in einem neurologischen Spital war und nicht in einem normalen Krankenhaus. Ich erklärte ihr, dass hier die besten Ärzte für Kopfoperation sind und sie gab sich mit dieser Erklärung zufrieden. Ich hielt es für besser ihr nicht zu erzählen, dass sie eine Gehirnblutung hatte und verschwieg ihr die Wahrheit um sie nicht aufzuregen. Jürgen stand daneben und schwieg. Die Tür ging auf und Gudrun kam auf Besuch. Ich war sichtlich über die Verstärkung erleichtert, bei den vielen Fragen die Mama stellte. Gudrun begrüßte Mama und diese fragte Gudrun, warum sie nicht aufstehen konnte. Gudrun sah mich überrascht an und ich überlegte fieberhaft was ich ihr sagen durfte um sie nicht aufzuregen und erklärte, dass sie vorher auf der Intensivstation lag und daher ihre Muskulatur sehr schwach sei und sie darum nicht aufstehen konnte. Sie sah mich ganz ernst an und fragte.

„Wie lange bin ich schon im Spital?"

„Seit einem Monat", antwortete ich. Sie schüttelte den Kopf und sagte böse.

„Das glaube ich dir nicht." Ich war von ihrer Reaktion so überrascht, dass es mir die Sprache verschlug. Gudrun sagte zu ihr.

„Du bist vier Wochen auf der Intensivstation gewesen und wir haben dich jeden Tag besucht." Ich erklärte ihr, dass Gudrun die Wahrheit sagte und sie wirklich so lange im Spital war. Sie fragte nach dem heutigen Datum und sah sehr überrascht aus.

„Aber ich kann mich nicht erinnern!" schrie sie plötzlich und sah uns verzweifelt an. Ich dachte nach was ich jetzt sagen sollte und erklärte ihr.

"Das glaube ich dir, denn du hast in dieser Zeit nur geschlafen, die Ärzte haben dir Medikamente gegeben, damit du schlafen konntest und keine Schmerzen hattest." Mama schüttelte den Kopf und in ihrem Gesicht spiegelte sich Überraschung und Verzweiflung.

„Ist das wirklich wahr?" fragte sie uns.

„Ja, das ist wirklich wahr, glaubst du wir lügen dich an, wenn du im Spital liegst", sagte ich.

Sie sah an die Decke und schien meine Antwort zu akzeptieren. Ich war erleichtert, dass sie mir glaubte und nicht mehr fragte.

„So ein Blödsinn, wie komme ich darauf, dass das mein Bett ist, wie konnte ich das behaupten", sagte sie laut zu uns und schüttelte wieder den Kopf. Wir sagten nichts, weil uns dazu nichts einfiel. Ich dachte, jetzt kommen ihr langsam alle Erinnerungen wieder und war froh darüber. Gudrun sagte ihr, dass Konrad gestern auf Besuch war und Mama schüttelte wieder der Kopf.

„Wann?" fragte sie.

„Gestern Nachmittag", erwiderte Gudrun und sah Mama eigenartig an. Ich sagte schnell.

"Du kannst dich nicht mehr erinnern, weil du so müde warst und noch starke Medikamente bekommst. Aber das wird alles besser mit der Zeit, das ist normal das du einiges vergisst." Mama schien sich mit der Erklärung abzufinden, denn sie nickte zufrieden. Ich dachte, hoffentlich habe ich recht mit meiner Erklärung. Sie gähnte und wir beschlossen sie schlafen zu lassen und verabschiedeten uns von ihr. Sie winkte uns nach und schloss gleich die Augen.

Montag, 2. September 2002

Als ich Mittag von der Arbeit nach Hause kam, rief Herwig an und erzählte mir.
"Als ich auf die Station kam saß Mama im Rollstuhl vor dem Schwesterninfo auf der verglasten Terrasse und jausnete." Ich fragte ihn erstaunt.
"Was heißt, sie jausnete?" Mein Bruder antwortete. „Sie haben ihr das Mittagessen klein geschnitten und sie saß dort und aß mit den Händen ein belegtes Brot."
„Und sie saß in einem Rollstuhl?" fragte ich verblüfft. „Ja" sagte Herwig „und sie war um den Bauch angehängt damit sie nicht nach vorkippte."
„Kann sie den solange sitzen?" fragte ich wieder und Herwig erzählte mir, dass sie ganz alleine auf der Terrasse saß und ihr Brot aß. Er sei vorbeigegangen und habe nicht darauf geachtet, wer dort sitzt, weil er nicht damit gerechnet hat, dass sie schon in einem Rollstuhl alleine sitzen kann und als er im Zimmer war, hörte er sie rufen, hallo, Herwig hier bin ich! Ich war völlig überrascht, weil Mama ihn anscheinend beim Vorbeigehen sofort erkannt hatte. Herwig erzählte mir, er ist dann zu ihr gegangen und sie sagte zu ihm.
„Mein eigener Sohn hat mich nicht erkannt." Mein Bruder sagte, er hat nicht damit gerechnet, dass sie schon im Rollstuhl sitzt und sie antwortete, warum sie nicht im Rollstuhl sitzen sollte. Eine Schwester erklärte ihm, dass Mama schon ein wenig sitzen musste und sie konnten sie auf der Terrasse im Auge behalten. Herwig blieb dann kurz bei ihr und brachte sie dann wieder ins Bett, weil sie sagte, dass sie schon müde sei und schlafen wollte. Ich freute mich, über ihre großen Fortschritte.
Ich traf mich nachmittags mit Gudrun und Onkel Josef. Wir gingen zu Mama auf die Station und sie lag im Bett und freute sich sehr als sie uns sah. Mama erzählte

Josef sofort wie sie aus dem Bett gefallen war und sie genoss es wieder im Mittelpunkt zu stehen. Ein Pfleger kam herein und schob einen Rollstuhl vor sich her. Er ging zu Mama und hob sie behutsam in den Rollstuhl und fragte uns ob wir nicht auf die Terrasse gehen wollten, weil eine Patientin in Mamas Zimmer frisch operiert worden sei und diese würde Ruhe brauchen. Ich willigte sofort ein, denn wir mussten mit Mama immer laut schreien, weil sie so schlecht hörte. Ich vermutete, dass es durch die Gehirnblutung noch schlimmer geworden war. Der Pfleger schob Mama auf die verglaste Terrasse. Am Rollstuhl hing eine Infusionsflasche, die sie immer noch ständig bekam und seitlich hing ihr Katheder. Als wir draußen saßen, erzählte Mama uns, dass sie heute schon von Herwig Besuch bekommen hätte und er hatte sie nicht erkannt.

„Mein eigener Sohn hat mich nicht erkannt!" sagte sie dramatisch und sah uns entrüstet an. Wir erklärten ihr, dass Herwig nicht daran dachte, sie auf der Terrasse vorzufinden und Mama sagte sie würde das nicht verstehen was daran Besonderes sei auf der Terrasse zu sitzen. Sie erzählte uns, dass sie mit dem Fahrrad einen Unfall hatte, und am Kopf operiert worden sei, darum habe sie so kurze Haare. Ich war verblüfft, dass sie völlig klar denken konnte und ihre Situation anscheinend erfasst hatte. Sie gähnte immer wieder, und ich fragte sie ob sie müde sei. Sie erklärte, dass ihr das sitzen zu anstrengend sei und sie würde sich wieder niederlegen wollen. Wir fuhren mit ihr ins Zimmer und versuchten, sie aus dem Rollstuhl zu heben. Aber ich hatte zu wenig Kraft und Josef wusste nicht wie er sie am besten hochheben sollte. Ich holte einen Pfleger und dieser zeigte uns wie man Mama vom Rollstuhl am einfachsten ins Bett hob. Sie musste sich mit den Armen bei seinen Oberarmen anhalten und er hob sie bei der Hüfte hoch und drückte ihr die

Beine mit seinen Knien durch. Dadurch stand Mama auf den Pfleger gestützt und so konnte er sie aufs Bett setzten. Wir deckten sie zu und Mama hatte sich sichtlich angestrengt. Ich bemerkte, dass das Kabel, welches direkt in ihre Haut hineinging weg war und sie hatte dort ein Pflaster und auch der Blutdruckmesser fehlte. Ich fragte sie ob sie ihr heute die Blutdruckmanschette abgenommen hatten und sie sah mich an und schwieg. Vielleicht hatte sie es vergessen. Plötzlich sah sie mich an als wäre ihr etwas Wichtiges eingefallen und fragte mich.

„Welcher Tag ist heute?" Ich antwortete, Montag der 2. September und sie erschrak.

„Ich habe auf den Geburtstag meiner Schwester Gerlinde vergessen!" Der Geburtstag war am 20. August und ich bot ihr an von meinen Handy Gerlinde anzurufen. Oma hob ab und Mama war erfreut mit ihrer Mutter sprechen zu können. Dann fragte sie nach Gerlinde und gratulierte ihr zum Geburtstag und entschuldigte sich, weil sie nicht früher angerufen hätte, aber sie war im Koma. Dann gab sie mir das Handy zurück und freute sich, dass sie die Stimmen ihrer Verwanden gehört hatte. Sie fragte mich warum ihre Mutter sie noch nie besuchte und ich erklärte ihr, dass Oma sie bereits zwei Mal auf der Intensivstation besuchte, aber sie hätte geschlafen. Ich konnte ihr nicht sagen, dass sie das auch wieder vergessen hatte.

„Schade, dass ich geschlafen habe, ich hätte gerne mit ihr gesprochen", sagte Mama. Dass sie dazu gar nicht fähig gewesen war zog sie nicht in Betracht. Ich versprach ihr, dass wir Oma so bald wie möglich mitnehmen würden. Mama sagte, es wäre schön, wenn sie einen Kalender haben könnte und ich antwortete, ich würde versuchen einen mitzubringen. Wir verabschiedeten uns und sie schlief erschöpft ein. Als ich zu Hause war, rief eine Freundin von Mama an, und sagte mir, dass sie Mama morgen besuchen wollte. Ich erklärte ihr, dass sie nicht lange bleiben sollte, weil meine Mutter immer noch sehr schwach sei und sie sollte sich nicht überanstrengen. Sie versprach es und ich wies sie noch darauf hin, dass Mama eine Glatze hatte und nicht sehr schön aussah. Sie erklärte, dass sie das nicht störe und sie hätte schon öfter solche Patienten gesehen. Ich freute mich das Mama Besuch bekommen würde.

Dienstag, 3. September 2002

Als Jürgen von der Arbeit nach Hause kam, fuhren wir ins Spital. Mama lag im Bett und sah an die Decke, als wir eintraten. Sie freute sich uns zu sehen und erzählte aufgeregt.
„Meine Freundin hat mich besucht und wir haben uns sehr gut unterhalten und so viel zu erzählen gehabt. Ich darf es dir gar nicht sagen, hat meine Freundin gesagt, aber sie ist länger als eine halbe Stunde geblieben, obwohl du nur eine viertel Stunde erlaubt hast!" Triumphierend sah sie mich an, weil sie mich so ausgetrickst hatte. Sie benahm sich wie ein kleines Kind und sah mich erwartungsvoll an was ich dazu sagen würde. Ich musste grinsen, weil ich mir vorkam wie eine Mutter zu ihrer Tochter und nicht umgekehrt. Mama redete und redete und Jürgen und ich hörten zu. Sie erzählte immer das gleiche, wie sie aus dem Bett gefallen war und dass sie ihr die Haare rasierten, dabei fuhr sie sich immer mit der Hand in kreisenden Bewegungen über den Kopf. Das tat sie fast ständig. Ich dachte, wie sie aus dem Bett fiel, war anscheinend das erste, an das sie sich seit dem Unfall erinnerte. Eine Schwester kam herein und fragte Mama, ob sie auf die Toilette musste. Mama sah sie an und nickte. Ich war verwundert, weil sie das fragte und sah nach ihrem Katheder. Aber das Säckchen hing nicht mehr beim Bett und ich fragte die Schwester wann sie den Katheder entfernt hatten. Noch bevor die Schwester antworten konnte, erzählte Mama uns, dass heute die Fäden gezogen wurden. Sie schlug die Bettdecke zurück und schob das Nachthemd hinauf. Das sie darunter nichts anhatte, vergaß sie anscheinend. Sie zeigte mir am Bauch eine Narbe und erklärte, wo ihr die Fäden gezogen worden sind. Ich war überrascht, warum sie am Bauch operiert worden ist und fragte die

Schwester. Ich erfuhr von der Schwester, dass dies das Ende des Schlauches vom Shunt sei, der bis in den Bauchraum ging und das Wasser vom Kopf ableitete. Mama hatte nichts verstanden, weil die Schwester leise sprach und ich erklärte ihr, dass sie im Kopf eine Pumpe hätte, weil das Wasser im Kopf nicht mehr abgelaufen sei. Mama schüttelte den Kopf und war schockiert.

„Wo ist die Pumpe?" fragte sie mich und ich führte ihre Hand hinters Ohr, wo man sie ertasten konnte. Ich selbst hatte noch nie diesen Shunt ertastet und war erstaunt wie groß diese Beule hinter dem Ohr war. Mama griff sich an den Kopf und fuhr sich einige Male über die Beule. Sie war ganz erstaunt über diese Entdeckung. Die Schwester ging hinaus und kam mit einen Leibstuhl herein und stellte rund ums Bett eine Wand auf. Sie bat uns rauszugehen um Mama auf den Leibstuhl zu setzten. Wir gingen hinaus und warteten. Die Schwester kam wieder raus und sagte, es würde noch dauern, weil Mama nicht konnte und sie müsste sie anzapfen um ihre Blase zu entleeren. Wir warteten auf der Terrasse und es dauerte fünfzehn Minuten bis die Schwester uns endlich wieder hineinließ. Mama lag zufrieden und erleichtert im Bett. Plötzlich fiel mir ein, dass ich, als Mama die Bettdecke hinauf geschoben hatte ihren Gurt nicht mehr sah. Ich fragte sie ob sie den Gurt nicht mehr nehmen musste und sie erklärte mir, dass sie seit gestern den Gurt abnahmen, weil sie schon läuten kann, wenn sie auf die Toilette musste. Sie zeigte mir stolz das Telefon mit der Rufhilfe, dass über den Kopfpolster lag. Ich fragte sie ob sie mir das zeigen konnte und sie nahm ungeschickt das Telefon und erklärte mir, dass sie bei der kleinen Schwester drücken müsste. Ich sah sie erstaunt an und tatsächlich entdeckte ich auf dem Telefon einen Knopf wo eine kleine Schwester abgebildet war. Ich sagte ihr, sie solle einmal drücken denn ich glaubte nicht, dass sie schon die nötige Kraft dazu hatte. Sie nahm das Telefon mit beiden Händen und drückte mit aller Kraft auf den Knopf.

„Das geht nicht", sagte sie verzweifelt und versuchte es noch mal. Ich nahm ihr das Telefon ab und eine Schwester kam herein. Sie sah mich mit dem Telefon und fragte ob ich gedrückt hätte. Ich verneinte und erklärte ihr, dass meine Mutter noch keine Kraft hätte zum Drücken. Die Schwester nahm mir das Telefon aus der Hand und sagte, sie müsse gar nicht drücken, sie brauche nur am Ende des Telefons antippen, wo eine mit Laserlicht ausgestattete Vorrichtung angebracht war, die ich vermutlich als ich Mama das Telefon wegnahm, auslöste. Die Schwester erklärte mir, dass man damit auch telefonieren und Radio hören konnte. Aber das würde für Mama noch zu kompliziert sein. Ich entschuldigte mich bei der Schwester das ich die Rufhilfe betätigte und bedankte mich für die Auskunft. Die Schwester ging hinaus und ich erklärte Mama genau wie sie die Rufhilfe bedienen musste, wenn sie jemanden brauchte. Sie freute sich und war froh das sie nicht drücken musste. Jürgen sagte zu Mama, wir hätten einen Kalender mitgebracht und Mama bedankte sich und ich sagte ihr, falls sie etwas brauchen würde, könnte sie das auf den Kalender schreiben. Sie sagte mir, sie würde Hausschuhe benötigen, weil wenn sie mit dem Rollstuhl zu Untersuchungen gebracht wurde, hatte sie nichts an den Füssen und ihr wäre immer so kalt. Ich versprach ihre Hausschuhe mitzunehmen und auch einen Schlafmantel. Sie sagte, sie würde keinen Schlafmantel benötigen. Ich antwortete nichts, aber ich dachte ich nehme trotzdem einen mit. Ich drückte ihr den Kalender in die Hand und einen dicken Kugelschreiber und fragte sie ob sie schreiben konnte.

„Natürlich!" sagte sie entrüstet und sah mich böse an. Sie nahm den Kugelschreiber und zitterte. Sie hatte den Kalender auf dem Bett liegen und sah mich an. „Wenn du etwas brauchst, schreib es auf", sagte ich und sie schrieb mit zittriger Hand und ziemlich groß „HAUSSCHUHE". Ich war überrascht, dass sie schreiben konnte, aber Mama war nicht zufrieden mit ihrer Schrift und sagte.

„Schön habe ich nicht geschrieben." Für mich war es ein Meilenstein, dass sie schreiben konnte, aber für sie war es nicht schön. Sie hatte vor ihrer Krankheit schöner geschrieben und ärgerte sich, weil es nicht mehr so gut ging. Ich erklärte ihr, dass sie noch zu schwach sei und sie würde wieder zu Kräften kommen. Sie gab sich mit der Antwort zufrieden. Die Tür ging auf und ein Mann kam herein und Mama rief.

"Nicht jetzt, wenn ich Besuch habe!" Ich wusste nicht wer der Mann war und er stellte sich als Therapeut vor. Ich fragte, ob sie jeden Tag Therapien bekomme und er erklärte mir.

„Ja, jeden Tag werden ihre Beine und Arme bewegt." Mama sagte das er doch immer Vormittag käme und ich sagte zu Mama das die Therapien sehr wichtig seien. Wir verabschiedeten uns, damit der Therapeut seine Arbeit machen konnte, außerdem war die Besuchszeit schon vorbei. Mama winkte uns lachend nach.

Mittwoch, 4. September 2002

Gudrun holte mich am Nachmittag von zu Hause ab und wir beschlossen Oma ins Spital mitzunehmen. Vorher fuhren wir noch in die Wohnung von Mama und holten ihren Schlafmantel, Hausschuhe, Socken und einen Wecker. Ich dachte, weil sie oft nach der Uhrzeit fragte, würde sie sich über die Uhr freuen. Dann gossen wir noch die Blumen, lüfteten und leerten den Postkasten aus. Ich beschloss die Post mitzunehmen, denn sie musste sich wieder an den Alltag gewöhnen. Auch eine Zeitschrift von mir nahm ich mit, vielleicht wollte sie lesen. Wir fuhren mit Oma ins Spital und Mama freute sich sehr über den Besuch von ihrer Mutter. Es war ein wunderschöner, warmer Tag und Gudrun fragte eine Schwester, ob wir sie mit dem Rollstuhl auf eine geöffnete Terrasse fahren dürften. Die Schwester nickte und zeigte uns wo die Rollstühle standen. Ich fragte Mama, ob sie auf die Terrasse möchte. Sie stimmte sofort zu und ich half ihr den Schlafmantel, die Socken und ihre Hausschuhe anzuziehen. Dann setzten Gudrun und ich, sie in den Rollstuhl. Mama sagte zu mir, dass sie so froh sei über den Schlafmantel und die warmen Socken. Wir schoben sie auf eine Terrasse und Mama genoss die gute Luft. Oma setzte sich neben sie und sie redeten. Mama erzählte ihr alles was sie immer erzählte und an was sie sich erinnern konnte und Oma hörte zu. Die Zeit verging schnell und Mama wurde müde und gähnte ständig und fuhr sich wieder mit der Hand in kreisenden Bewegungen über ihren rasierten Kopf. Wir schoben sie ins Zimmer zurück und legten sie ins Bett. Mama war erleichtert, als sie wieder im Bett lag, denn das Sitzen erschöpfte sie. Ich zeigte ihr die Uhr und stellte sie auf ihr Nachtkästchen. Sie freute sich jedes Mal wie ein kleines Kind, wenn ich ihr was mitbrachte. Ich gab ihr die Zeitschrift und sie versuchte zu lesen, schlief aber gleich ein. Wir blieben noch bei ihrem Bett sitzen, in der Hoffnung das sie wieder aufwachen würde, aber sie schlief fest, der Besuch hatte sie angestrengt. Als wir gehen wollten, wachte sie auf, immer noch mit der Zeitschrift in der Hand und wir verabschiedeten uns. Sie schief gleich wieder ein. Leise gingen wir aus dem Zimmer und fuhren heim, Oma freute sich, dass es Mama so gut ging.

Donnerstag, 5. September 2002

Heute schrieb mir das Rote Kreuz zurück. Die Dame die damals die Rettung verständigte, gab ihren Namen und die Telefonnummer preis. Ich griff gleich zum Telefon und wählte die Nummer. Die Frau meldete sich und ich erklärte ihr wer ich bin und dass ich mich bedanken wollte. Sie war überrascht das ich mich so bald meldete und erzählte mir, was sich zugetragen hatte.

„Ihre Mutter hat bei mir am Marktplatz Gemüse eingekauft und als sie bei meinem Vater zahlen wollte, fing sie undeutlich zu reden an und mein Vater meinte, ihre Mutter hat zu viel getrunken. Aber ich dachte ich kenne die Frau schon so lange, sie kauft jede Woche bei mir Gemüse ein und sie hatte noch nie eine Alkoholfahne. Ihre Mutter ging wankend weg und ich beobachtete sie. Dann ging ich ihr nach und fragte sie, ob es ihr nicht gut gehe und ihre Mutter sah mich an und kippte plötzlich um. Eine andere Frau ist gleich herbeigerannt als sie das sah und wir haben ihre Mutter auf eine Parkbank gelegt und ich habe sofort die Rettung verständigt. Die andere Frau ist dann bei ihr geblieben und hat gewartet bis die Rettung kam. Ich bin dann wieder zum Gemüsestand gegangen." Ich fragte sie, ob sie nicht mit dem Rad weggegangen ist und die Frau verneinte, sie hätte kein Fahrrad gesehen. Ich fragte sie noch wie lange das gedauert hatte, bis die Rettung gekommen ist und sie erklärte mir, dass die Rettung in nur drei Minuten eingetroffen ist. Aber die Rettung hätte den Notarzt verständigt und dieser war auch sehr schnell da und sie ist dann gleich weggebracht worden. Ich bedankte mich bei der Frau und versprach sie am Gemüsestand zu besuchen. Die Frau fragte mich noch in welches Spital sie gebracht wurde und ich erzählte es ihr. Sie erwiderte.

„Das ist ja nur zwei Minuten Fahrzeit vom Marktplatz!" Dann fragte sie mich noch wie es ihr jetzt gehe. Ich erzählte ihr, dass sie noch im Rollstuhl sitzt aber wir hoffen, dass sie vielleicht wieder gehen lernt und wir sind glücklich, dass es ihr so gut gehe. Die Frau sagte, ich solle Mama schöne Grüße ausrichten und ich bedankte mich nochmals für ihr beherztes Handeln. Ich war sehr berührt von dem Gespräch und nahm mir vor ihr eine kleine Anerkennung zu kaufen.

Mein Bruder besuchte meine Mutter mittags mit einer Freundin von Mama. Gudrun und ich fuhren erst am Abend ins Spital. Als wir dort ankamen, gingen wir gewohnt auf die Neurochirurgie. Aber Mamas Bett war leer und verwundert gingen wir zur Schwesterninfo und fragten nach Mama. Die Schwester erklärte uns das Mama verlegt worden sei, in die Neurologie. Dann rief sie uns böse nach.

"Vielleicht kennen sie dort auch jemanden!" Gudrun und ich sahen uns erschrocken an, das war eine Anspielung, als sich unser befreundeter Primar für Mama eingesetzt hatte. Wir gingen zur Neurologie und hofften, dass das Personal dort freundlicher sein würde. Wir fanden schnell das Zimmer und Mama lag im Bett und unterhielt die anderen Patienten. Sie erzählte wieder ihre Geschichte, wie sie aus dem Bett gefallen war und alle hörten ihr gespannt zu. Mama begrüßte uns freudig und stellte uns gleich den anderen Patienten vor. Die Patienten waren sehr nett und in dem Alter von Gudrun und mir. Mama sagte uns, dass der Arzt schon bei ihr war und sie gefragt hatte ob sie weiß, dass sie schwer krank sei. Sie fragte uns was er damit meinte und fixierte uns genau mit den Augen. Gudrun sah mich erstaunt an und ich dachte, ich müsste ihr nun die Wahrheit sagen. Ich erklärte Mama.

„Du hattest eine Gehirnblutung!" Mama sah mich an und rief verzweifelt.

„Was ist das, ich dachte ich hatte einen Unfall mit dem Fahrrad!" Ich erklärte ihr.

„Ja, du bist mit dem Fahrrad gefahren und dann hattest du einen Schlaganfall und dann ist dir die Arterie geplatzt und das ist eine Gehirnblutung." Mama war sichtlich geschockt und sah uns erschrocken an.

„Da hat mich ein Schlagerl gestreift", sagte sie langsam und ich erwiderte.

„Nein, das war nicht nur ein Schlagerl, sondern eine furchtbare Gehirnblutung. Du bist vier Wochen auf der Intensivstation gelegen und dann eine Woche auf der Neurochirurgie und jetzt hier." Mama machte eine wegwischende Handbewegung, als würde sie diese Nachricht nicht akzeptieren und wechselte sofort das Thema. Sie erzählte uns, dass sie heute schon Besuch von Herwig hatte und dass sie auf die Toilette musste und ein Pfleger setzte sie gleich auf die Toilette und nicht wie auf der anderen Station, auf den Leibstuhl. Und stell dir vor sagte sie erfreut, ich habe sofort gekonnt, auf dem Leibstuhl konnte ich einfach nicht und sie mussten mich immer anzapfen. Sie lachte und war gut gelaunt und die anderen Patienten lachten mit. Ich war froh, dass sie jetzt liebe Zimmernachbarn hatte und auch das Personal kümmerte sich um sie. Mama konnte sich also an einige Dinge erinnern und wir freuten uns, weil es ihr immer besser ging. Dass sie nicht gehen konnte, dürfte sie nicht bemerkt haben. Da sie sehr kraftlos war, hatte ich ihr ein kleines Quetschpferd aus Schaumgummi mitgebracht, welches man zur Stärkung der Finger nimmt. Ich gab es ihr und erklärte, wie sie die Muskulatur in der Hand stärken könnte, indem sie das Pferdchen immer wieder drückt. Sie freute sich darüber und versuchte es sofort. Es schien ihr Spaß zu machen, es immer wieder zu drücken. Ich fragte sie, ob sie schon alleine essen konnte und sie sagte entrüstet.

„Natürlich!" Anscheinend war es ihr peinlich gegenüber den anderen Patienten, weil sie noch Probleme hatte das Besteck zu benützen und zu halten. Die Tür ging auf und die Schwester brachte das Abendessen. Ich war gespannt ob Mama wie immer noch gefüttert wurde. Die Schwester schnitt das Abendessen vor, es gab Fisch mit Kartoffel und sie gab Mama die Gabel in die Hand. Mama zitterte stark aber sie hielt tapfer die Gabel in der Hand und schaffte es sogar zu essen. Gudrun und ich freuten sich und Mama sagte, sie würde länger zum Essen brauchen als die anderen und ich meinte sie hätte genügend Zeit. Als die andern schon fertig waren, hatte sie gerade die Hälfte geschafft. Aber sie bemühte sich sehr, nicht viel zu patzen und bei jedem Bissen jammerte sie, dass das Essen so sauer sei. Ich fragte sie, ob ich kosten durfte und sie bejahte. Ich sagte der Fisch ist ausgezeichnet und nicht sauer und sie sah mich böse an. Sie ließ dann fast die Hälfte übrig, weil sie nicht mehr konnte. Am Nachtkästchen hatte sie noch die Nachspeise, einen Gugelhupf stehen und Gudrun fragte sie ob sie davon probieren wollte. Mama nahm ein Stücken und verzog das Gesicht.

„Der ist genauso sauer!" rief sie. Ich war erschrocken, anscheinend hatte sie den Geschmacksinn verloren. Ich sagte ihr, vermutlich würde sie mit dem Geschmacksinn Probleme haben, aber das würde sich wieder normalisieren. Insgeheim hoffte ich, dass ich recht behielt. Sie nahm wieder das Pferdchen und drückte es, dann schlief sie mit dem Pferdchen in der Hand ein. Leise verließen wir das Zimmer um sie nicht aufzuwecken.

Zwei Wochen später

Mama wurde zwei Wochen später, am 18. September 2002 aus dem Spital entlassen. Die Rettung brachte sie vom Krankenhaus nach Hause. Die Männer trugen sie mit einer Trage in den zweiten Stock. Ich wartete bereits in der Wohnung auf Mama und half ihr, sich im Wohnzimmer auf die Couch zu legen. Sie fuhr ab morgen für vier Wochen auf Rehabilitation und sie weigerte sich vorerst auf Reha zu fahren, weil sie sich wegen ihrer Glatze schämte. Als ich ihr erklärte, dass dort nur solche Fälle wie sie seien, die teilweise sogar Lähmungen hätten und schlimmer als sie aussahen, freundete sie sich mit den Gedanken an. Jürgen und ich waren ständig bei ihr. Da sie lange gebettelt hatte, vor der Reha noch einmal zu Hause zu schlafen, erfüllte ich ihr den Wunsch, obwohl es mir lieber gewesen wäre, wenn sie gleich vom Spital zur Rehabilitation überstellt worden wäre. Ich hatte einfach Angst, dass ihr zu Hause etwas passieren konnte und ich möglicherweise falsch darauf reagierte. Ich hatte diese Woche Urlaub und übernachtete bei ihr, weil man sie nicht alleine lassen konnte. Sie konnte mit Hilfe ein paar Schritte zurücklegen um auf die Toilette zu gelangen. Da sie im Spital sehr dünn aussah, bis auf ihr geschwollenes Gesicht, sagte ich Mama sie solle sich auf die Waage stellen. Ich half ihr auf die Waage und las das Gewicht ab. Mama sah mich erstaunt an, sie hatte 15 Kilogramm abgenommen und freute sich, weil sie so schön schlank war und nur noch 55 Kilogramm wog. Der Geschmacksinn war noch nicht zurückgekehrt, sie vergaß viel, hatte extreme Gleichgewichtsstörungen und war verwirrt. Sie hatte eine Liste von der Rehaklinik zugesendet bekommen, was sie alles mitnehmen musste. Ich benötigte zum Kofferpacken fünf Stunden, weil sie nicht wusste wo sie ihre Kleidung hatte und was sie mitnehmen wollte. Ich suchte die kleinsten Sachen heraus, weil sie so viel abgenommen hatte. Jürgen besorgte inzwischen Stützstrümpfe die sie in Zukunft tragen musste und alle Medikamente für die Reha, die meisten waren chefarztpflichtig und er brauchte zwei Stunden bis er alles erledigte. Gudrun brachte für Mama Essen mit und löste mich für eine Stunde ab. Ich konnte mit Jürgen nach Hause fahren und packte meine Sachen für die Nacht. In der Nacht schlief ich sehr schlecht und Mama atmete unregelmäßig und ab und zu jammerte sie im Schlaf. Bei jedem Geräusch war ich hellwach. Endlich war die Nacht überstanden und ich half ihr im Bad und beim Anziehen. Ich hatte von Zuhause Lebensmittel mitgenommen und machte damit Frühstück. Als wir mit dem Essen fertig waren kam die Rettung und holte sie ab. Sie wurde liegend transportiert. Jürgen und ich fuhren mit den Koffern, nach und hatten ein langes Gespräch mit der Ärztin der Klinik. Sie war sehr nett und überrascht, dass es Mama trotz der schweren Gehirnblutung so gut ging. Als wir in Mamas Zimmer kamen, lag sie im Bett und schlief. Es war ein Zweibettzimmer aber sie war alleine, weil die andere Patientin heute heim gegangen war. Mama wachte auf und sagte, ihr sei sehr kalt, obwohl sie angezogen im Bett lag und eine Daunendecke darüber hatte. Ich glaubte, dass sie die Fahrt anstrengte. Jürgen kümmerte sich um die Telefonanmeldung, damit wir sie anrufen konnten und ich erklärte ihr die Rufhilfe. Diese funktionierte nicht und Jürgen bemerkte, dass kein Empfang war und wir holten eine Schwester, die das Gerät austauschte. Die Schwester versprach in der Nacht öfters nach ihr zu sehen, weil sie alleine im Zimmer lag. Ich sagte zu Mama, dass sie, wenn sie auf die Toilette müsste, unbedingt der Schwester läuten sollte, weil sie noch nicht alleine gehen kann. Mama versprach es mir. Dann sagte sie mir, dass ihr Brillensteg gebrochen war und Jürgen und ich gingen in die Stadt um ihre Brillen reparieren zu lassen. Als wir zurückkamen, war gerade ein Therapeut bei ihr und brachte einen Rollstuhl, mit dem sie zu den Therapien fahren musste. Er erklärte Mama, wie sie sich fortbewegen konnte und Mama verstand nichts. Ich erklärte ihr es nochmals langsam und laut. Sie probierte den Rollstuhl aus und bewegte sich nicht mit den Händen an den Rädern, so wie es ihr gezeigt wurde vorwärts, sondern machte im Rollstuhl sitzend, mit ihren Füßen kleine Schritte am Boden und kam so auch langsam weiter. Mit den Händen hatte sie nicht die Kraft sich fortzubewegen. Inzwischen war es Abend geworden und eine Schwester brachte ihr das Abendessen aufs Zimmer, dass sie auf einem kleinen Tischchen im Rollstuhl sitzend einnahm. Ihr wurde ein Glas Saft gebracht, den sie aber nicht halten konnte, weil sie in den Händen keine Kraft hatte. Ich musste die Hälfte des Saftes in ein anderes Glas leeren und erst dann gelang es ihr mit zittrigen Händen das Glas zu halten. Ich notierte mir, ihr einen Plastikbecher mitzubringen, da diese leichter war um ihr das Halten der Getränke zu ermöglichen. Die Schwester sagte, ab morgen würde sie im Speisesaal essen müssen. Wir verabschiedeten uns von Mama und ich versprach ihr, jedem ihre Telefonnummer zu geben und sie am kommenden Wochenende wieder zu besuchen. Bei dem täglichen Telefonat erzählte mir Mama, dass die Ärztin sie gefragt hätte, was ihr Ziel der Rehabilitation sei und was sie wieder gern machen wollte, dass sie derzeit noch nicht konnte. Mama sagte, sie würde gerne wieder kochen, nähen und gehen können. Mama bekam in der Zeit der Rehabilitation viel Besuch von der ganzen Verwandtschaft und keiner scheute die über eine Stunde Fahrtzeit bis zur Rehaklinik.

Immer wieder erzählten wir uns gegenseitig, wie die Genesung ihres Gesundheitszustandes voranging. Sie konnte schon nach einer Woche am Gang mithilfe des Handlaufes an der Wand, alleine einige Schritte gehen, wurde dabei aber schnell müde. Bei unserem nächsten Besuch erzählte sie uns, dass sie eine Therapie in einer Kochgruppe hatte. Dabei lernte sie mühsam wie sie Gemüse schneidet und andere kleine Tätigkeiten verrichten konnte. Sie musste auch für die Kochgruppe einkaufen gehen. Dabei wurden die Patienten abwechselnd und immer zu zweit in einen kleinen Markt geschickt, der gleich neben der Klinik lag. Die Patienten hatten dabei einen kleinen Einkaufswagen mit, an dem sie sich festhalten und stützen konnten. Mama erzählte, dass sie mit einem Herren einkaufen ging, der sich jedoch nur Socken kaufte und sie musste die ganzen Lebensmittel alleine einkaufen und in den Wagen heben. Als sie sich zum unteren Regal bückte, verlor sie das Gleichgewicht, fiel um und lag dort am Boden. Sie konnte sich aus eigener Kraft nicht mehr aufrichten und schon gar nicht aufstehen. Der Herr versuchte sie aufzuheben, hatte jedoch auch keine Kraft. Zwei ebenfalls einkaufende Frauen halfen ihr wieder aufzustehen. Mama erzählte uns, dass sie nachher durch die Anstrengung völlig nass geschwitzt war und der Therapeutin in der Klink mitteilte, dass sie nie wieder in den Markt gehen würde, weil sie das zu viel anstrengt. Sie erzählte uns auch, dass das Essen furchtbar sauer sein würde und außerdem würde ihr vor Schokolade ekeln. Ich fragte sie, warum ihr vor Schokolade ekelte, die hatte sie doch immer gern gegessen, oder würde diese auch sauer sein. Sie sagte, dass sie sich erinnern konnte, wie sie am Gemüsemarkt bewusstlos wurde und das Gefühl hatte in Schokolade zu schwimmen und der Geruch der Schokolade war ekelhaft. Sie würde nie wieder

Schokolade essen. Außerdem sei das Essen in der Klinik furchtbar sauer. Als wir wieder einmal telefonierten, fragte sie mich, wo ihre Schuhe sind, die sie als sie die Gehirnblutung hatte, trug. Es waren ganz teure, braune Raulederschuhe. Ich versprach ihr mich um den Verbleib der Schuhe zu kümmern. Ich telefonierte mit dem Krankenhaus und mit der Rettung, jedoch hatte keiner diese Schuhe. Als ich wieder in der Wohnung von Mama war, sah ich im Vorzimmer die braunen Raulederschuhe stehen. Beim nächsten Besuch nahm ich die Schuhe mit und fragte Mama ob sie diese suchte. Sie war hoch erfreut über ihre Schuhe und als ich ihr erklärte, dass diese in ihrer Wohnung waren, sagte sie das sie anscheinend doch die schwarzen Sandalen anhatte. Da mir die Anrufe und Rückrufe wegen der Schuhe viel Zeit kostete, beschloss ich mich nicht um die schwarzen Sandalen zu kümmern.

Sechs Wochen später

Mama kam erst am 31. Oktober 2002 wieder von der Rehabilitation nach Hause zurück, weil die Ärzte die Reha auf sechs Wochen verlängert hatten. Laut Auskunft der Ärzte hätte sie nochmals zwei Wochen länger bleiben dürfen, weil sie sich noch Besserung versprachen, aber sie wollte unbedingt heim. Sie freute sich schon auf Zuhause, obwohl wir Bedenken hatten, ob sie überhaupt die zwei Stockwerke ihrer Wohnung zurücklegen konnte. Aber sie war sehr ehrgeizig und hatte viel geübt um die Stufen bewältigen zu können. Als sie vormittags von der Rettung nach Hause gebracht wurde, wartete bereits meine Schwester in der Wohnung und staunte als Mama vor der Wohnungstür stand. Die Sanitäter hatten ihr das Gepäck hinaufgetragen und Mama war ganz alleine in den zweiten Stock gegangen. Natürlich musste sie sich am Stiegengeländer anhalten, denn sie hatte noch starke Gleichgewichtsstörungen. Ich fuhr gleich nach der Arbeit zu ihr und sie erzählte uns, dass sie noch taube Fingern hatte und sehr vergesslich sei. Aber sie konnte alleine auf die Toilette gehen und sich Schuhe mit Klettverschluss anziehen. Mit dem Ankleiden hatte sie noch Probleme, weil sie die Arme nicht über den Kopf heben konnte, deshalb war das Anziehen von Pullover nicht möglich. Auch Knöpfe schließen war nicht machbar, weil sie kein Gefühl in den Fingern hatte. Wir hatten ihr Kleidung mit Reißverschluss aus ihren Kasten gesucht und es Mama im Schlafzimmer bereitgelegt. Weil sie keine Kraft hatte konnte sie auch keine dicken Zeitschriften oder Bücher halten. Nur ganz dünne Hefte und Zeitungen konnte sie lesen, aber nur kurz, weil sie alles anstrengte. Am Vortag waren Gudrun und ich bereits einkaufen, sodass Mama etwas zu essen zu

Hause hatte. Sie hatte in der Kochgruppe auf Reha gelernt, dass sie sich alleine morgens das Frühstück zubereiten konnte. Gudrun und ich sagten Mama, dass wir ein- bis zweimal die Woche für sie einkaufen gehen werden und den Haushalt kurzfristig führen. Kleinere Arbeiten wie Abstauben, oder Frühstücksgeschirr abwaschen konnte sie schon selber machen. Sie musste sich aber immer irgendwo anhalten, um nicht das Gleichgewicht zu verlieren. Immer wieder musste sie lange Pausen einlegen und sich ausrasten. Da wir berufstätig waren, mussten wir auf längere Sicht eine Lösung finden. Wir hofften aber, dass sich ihr Zustand noch besserte. Wir waren froh, dass sie nicht mehr im Rollstuhl saß. Der Abschlussbefund von Mama, den sie von der Reha mitbekommen hatte, beschrieb die großen Fortschritte die sie machte und die Medikamente die sie nehmen musste, sowie dass sie nie mehr körperlich belastbar wäre. Ich erzählte Mama, das Gudrun und ich, Mamas Lebensretterin vor einer Woche am Gemüsemarkt besucht hätten und ihr Pralinen und einen Dankesbrief brachten. Die Frau war sehr gerührt und hatte nicht damit gerechnet, dass wir sie wirklich besuchten. Mama konnte sich auf die Gemüseverkäuferin erinnern. Sie sagte, sie würde sich auch noch bei ihr bedanken, wenn sie wieder selber einkaufen könnte. Gudrun versprach, sie einmal hinzufahren. Auch der unbekannten Frau, die bei Mama bis zum Eintreffen der Rettung geblieben ist, übermittelten wir über die Gemüsefrau ebenfalls Pralinen und ein Dankesbrief. Meine Geschwister und ich hatten sich inzwischen bei Heimplätzen und betreuten Wohnen, mobile Hilfestellung und Tagesheimstätten und bei der Mietergesellschaft wegen einer Übersiedlung in eine kleinere Erdgeschosswohnung erkundigt und Mama überall angemeldet. Mama sträubte sich anfangs gegen diese Anmeldungen, denn sie wollte nicht aus ihrer alten Wohnung ausziehen. Aber nachdem wir ihr erklärten, dass sie immer älter werde und in den zweiten Stock zu gehen immer beschwerlicher würde, willigte sie ein und unterschrieb uns die Anmeldungen. Herwig hatte mit einem Heimleiter von Heimplätzen und betreuten Wohnen und mit dem Leiter der Wohnungsgenossenschaft gesprochen, die ihm auch Hilfe zusicherten. Wir hofften auf kurzfristige Zusagen eines Heimplatzes oder einer Wohnung. Mama wollte nicht in ein Heim, aber wir versprachen ihr, wenn sich ihr Zustand besserte, könnte sie vielleicht in eine behindertengerechte Wohnung ziehen. Für heute Nachmittag hatte ich den Samariterbund in Mamas Wohnung bestellt, weil sie eine tragbare Rufhilfe bekam. Wir hatten noch Angst, sie so alleine in ihrer Wohnung zu lassen und so entschlossen wir uns für eine Rufhilfeuhr. Falls sie stürzen würde oder sonstige Hilfe brauchte, musste sie nur auf einen Knopf der Uhr drücken, die sie wahlweise am Handgelenk wie eine Uhr oder auf einem Band um den Hals tragen konnte. Als der Samariterbund kam, entschied sich Mama die Rufhilfe wie eine Armbanduhr zu tragen. Wir mussten öfters üben, bis Mama fest genug drücken konnte um den Alarm auszulösen. Per Telefon wurde dann mit ihr gesprochen, was sich wieder als problematisch ergab, weil Mama so schlecht hörte. Der Lautsprecher wurde daraufhin so extrem laut gestellt, bis auch sie ihn hören konnte. Falls sie sich nicht mehr melden konnte, weil sie vielleicht das Bewusstsein verlor, wurde sofort eine Rettung zu ihr geschickt. Ich übergab den Samariterbund den inzwischen nachgemachten Wohnungsschlüssel. Mama musste noch untertags Stützstrümpfe tragen die sie in der Nacht wieder ausziehen musste. Hier hatten wir das nächste Problem. Ich schlug vor, um sieben Uhr früh vor der Arbeit zu kommen, um ihr die Strümpfe anzuziehen und Mittag vorbeisehe um ihr bei alltäglichen Dingen zu helfen. Aber am Abend könnte ich nicht nochmals kommen. Wir riefen Mamas Schwester an, die in der Nähe wohnte und diese erklärte sich sofort bereit, ihr abends die Strümpfe auszuziehen. Mama konnte sich alleine waschen jedoch nicht baden, weil sie aus der Badewanne nicht mehr alleine aufstehen und raussteigen konnte. Auch die Haare waschen schaffte sie nicht, weil sie die Arme nicht über den Kopf heben konnte. Gudrun und ich wollten uns abwechselnd um die Körperpflege kümmern. Aber wir rechneten nicht damit, dass Mama beschlossen hatte, sich maximal einmal die Woche baden zu lassen, oft weigerte sie sich und sagte zu mir, dass Gudrun sie schon gestern gebadet hatte. Als ich Gudrun anrief, dass sie mir das mitteilen sollte, wann sie ein Bad nahm, erklärte Gudrun mir, dass sie Mama schon eine Woche nicht mehr badete, weil Mama sagte, dass ich sie gestern bereits badete. Sie log uns immer etwas vor, was ihre Körperpflege betraf. Aber wenn sie in der Wanne saß und badete, war sie begeistert von dem warmen Wasser und planschte herum. Zur Kopfwäsche setzte sich Mama auf einen Stuhl und ich wusch ihr die Haare im Waschbecken. Das ging sehr schnell, weil die Haare noch sehr kurz waren und nur langsam nachwuchsen. Auch dass sie frische Kleidung anzog war jedes Mal ein verbaler Kampf, denn ich wusch ihre Wäsche und wusste daher genau wie oft sie die Kleidung wechselte. Ich glaubte, dass sie einfach nicht mehr wusste, wann sie wirklich gebadet wurde oder die Kleidung wechselte. Das Langzeitgedächtnis war aber hervorragend. Sie konnte sich an sämtliche Geburtstage und an alles erinnern was vor der Gehirnblutung geschah. Oft sagte sie, wenn ich einkaufen war, dass sie zum Beispiel kein Brot brauchte, obwohl sie mir das aufgeschrieben hatte und sie keines zu Hause hatte, sie vergaß es einfach. Aber wir waren froh, dass es ihr, wenn man vom

Ausgangspunkt der Krankheit ausging, so gut ging. Sie hatte auch keine Schmerzen und dadurch mutete sie sich oft im Haushalt mehr zu als ihr gut tat. Als ich sie einmal erwischte wie sie Fenster putzen wollte und ich mit ihr schimpfte da sie immer noch massive Gleichgewichtstörungen hatte, machte sie alles heimlich. Lange wusste ich nichts von ihren Ausflügen bis ich im Kühlschrank Lebensmittel fand, die weder Gudrun noch ich gekauft hatten. Auch wusch sie mit der Hand kleine Wäschestücke und ich fragte sie ob sie selber waschen wollte. Sie war erleichtert und ihre Schwester erklärte sich bereit ihr die Wäsche aufzuhängen, da sie das nicht alleine konnte. Sie wollte alles alleine machen, aber wir hatten Angst um sie, dass sie sich wieder zu viel anstrengte und wieder eine Gehirnblutung erlitt. Gudrun nahm Mama mit zum Einkaufen und dabei konnte sie einfach nicht stillstehen. Sie wackelte ständig hin und her und trat von einem Fuß auf den anderen. Bei der Wursttheke wo sie sich anstellen musste, fiel das natürlich den anderen Leuten auf und sie sahen sie befremdet an, weil sie immer hin und her wankte. Selber bemerkte es Mama nicht. Da sie nichts heben durfte, aber immer wieder heimlich einkaufen ging, beschloss ich, ihr einen Einkaufsroller, denn sie nachziehen konnte, zu kaufen. Sie freute sich über ihr Geschenk, denn endlich bekam sie ein wenig Selbstständigkeit zurück um alleine einkaufen zu können und auch schwere Lebensmittel zu transportieren war ihr jetzt möglich. Wenn sie Mineralwasser einkaufte, fragte sie fremde Leute im Supermarkt, ob diese ihr die Flasche in den Wagen heben konnten und die Kassiererin, ob sie ihr die Sachen vom Einkaufswagen in ihren Einkaufsroller umräumen konnte. Zuhause wartete sie immer auf uns, damit wir ihr die Flaschen einräumten. Sie wollte alles alleine machen, obwohl wir ihr anboten die schweren Sachen zu besorgen. Mamas Stimme war inzwischen wieder völlig normal und klang nicht mehr wie die einer Mickymaus. Immer wieder sprachen wir über ihre Krankheit und ständig musste ich sie ermahnen sich nicht zu überanstrengen. Jeden Tag erzählte ich ihr mehr von der Gehirnblutung, den Operationen und die Geschichten im Spital. Sie war erschüttert, vergaß es jedoch wieder.

Dezember 2002

In den letzten Wochen war viel passiert. Mama wurde nach der Rehabilitation depressiv und ich redete lange mit ihr, bis sie endlich einwilligte zum Hausarzt zu gehen. Sie bekam Medikamente gegen Depressionen und es ging ihr nach vier Wochen etwas besser. Auch ihr Geschmacksinn war endlich wieder vorhanden. Ich besuchte Mama fast täglich nach der Arbeit und blieb meistens zwei Stunden. Mama konnte schon kleine Gerichte kochen, wie zum Beispiel Suppe, Tiefkühlprodukte, Kartoffel, einfach Speisen bei denen sie nicht lange am Herd stehen musste. Essen auf Räder lehnte sie ab. Sie wollte das alles selber machen um Beschäftigung zu haben In der Zwischenzeit hatten wir für sie eine Erdgeschosswohnung bekommen, aber sie wollte ihre alte Wohnung nicht verlassen. Nachdem meine Geschwister und ich lange mit ihr redeten, konnten wir sie überzeugen, das die Zweizimmerwohnung im Erdgeschoss mit Balkon, gegen ihre wesentlich größere Wohnung im zweiten Stock ohne Balkon, ihre Lebensqualität doch wesentlich verbesserte, stimmte sie den Wohnungswechsel zu. Die Übersiedlung war eine einzige Katastrophe. Mama konnte sich von nichts trennen und Gudrun und ich brauchten jede Menge Überredungskunst, dass sie sich von alter Kleidung, Geschirr, Bettwäsche und sonstigen Krimskrams trennte. Sie hatte immer noch Sachen eines 5 Personen-Haushaltes und dementsprechend viel Hausrat war angefallen. Nachdem wir ein Bowle Geschirr, eine dreißig Jahre alte Perücke und sonstige unnötige Dinge aussortierten, ging es an die Utensilien an denen Mama sehr hing. Jedes Stück wurde in die Hand genommen, wieder zurückgelegt, wieder angesehen und dann erst entschieden: Mitnehmen, verschenken oder wegschmeißen. Jede Schublade wurde stundenlang durchgesehen und aussortiert. Es war nervenaufreibend, denn Mama konnte sich kaum länger als zwanzig Minuten konzentrieren. Wir ließen sie wieder ausruhen und brachten Sachen mit Gudruns kleinen Auto zum Sperrmüll, in die Altkleidersammlung oder zum Müll. Zum Verschenken für eine karitative Einrichtung wurden eigene Säcke in einem Zimmer aufbewahrt und man musste aufpassen, dass Mama nicht wieder etwas herausnahm von dem sie glaubte, es doch noch brauchen zu können, wie zum Beispiel alte Sportschuhe, obwohl sie drei Paar hatte. Ich verbrachte zwei Monate lang täglich drei Stunden mit Mama mit dem sortieren der Sachen. Ab und zu half Gudrun und am Wochenende Jürgen. Von unserem Bruder hatten wir absolut keine Hilfe. Es interessierte ihn nicht, uns zu unterstützen. Er ging lieber Skifahren. Jürgen und Josef, Mamas Bruder, kauften für Mama eine Küche, die sie in der neuen Wohnung aufbauten und installierten. Mama sah noch komisch aus, ich hatte ihr die Haare braun gefärbt und die Farbe griff wegen ihrer weißen Haare nur wenig und sie war daher rotblond. Sie hatte die Haare drei Zentimeter lang und immer noch ein stark geschwollenes Gesicht mit roten Flecken. Zu ihrem Geburtstag bekam sie von ihren Geschwistern Geld um die neue Wohnung einzurichten und die Küche zu bezahlen. Weihnachten feierten Mama und meine Geschwister bei Jürgen und mir. Auch zu diesem Anlass bekam sie von uns Sachen für die neue Wohnung.

Februar 2003

Anfang Februar 2003 war es endlich soweit, ich meldete das Telefon und die Rufhilfe um und transportierte ihr Bettzeug in die neue Wohnung. Sie schlief erstmals in der neuen Wohnung. Sie war immer noch depressiv wegen ihrer Krankheit und den Wohnungswechsel. Wieder schickte ich sie zum Arzt, der die Medikamentendosis auf das doppelte erhöhte. Mama lebte sich schwer ein. Sie wusste nicht wo alles verstaut war und rief mich oft an wo diese Bluse oder jenes Geschirr war das ich ihr eingeräumt hatte. Ich sagte ihr, sie solle jeden Tag in einen Kasten oder eine Schublade nachsehen was drinnen ist und es sich so merken. Aber Mama war zu depressiv, zu erschöpft und zu überfordert irgendetwas zu tun. Sie war einsam, denn ich kam nur noch dreimal die Woche zu ihr, ich musste mich auch um meinen Haushalt kümmern, den ich sehr vernachlässigt hatte. Außerdem mussten wir die alte Wohnung noch vollständig räumen und renovieren. Wieder mussten sich Gudrun und ich um alles kümmern, mein Bruder half nicht. Mein Mann Jürgen und Onkel Josef stellten die neue Küche auf und übersiedelten einige Möbel. Mamas andere Geschwister unterstützten uns neben ihren Beruf am Wochenende und von Onkel Herbert bekam sie ein komplettes Schlafzimmer geschenkt. Wir waren so froh über ihre Hilfe.

Endlich war alles erledigt und wir konnten mit Ende Februar die alte Wohnung an die Genossenschaft zurückgeben. Mir fiel eine große Last von den Schultern, ich war mit meinen Kräften schon am Limit.

März 2003

Zuletzt war Mama im November 2002 zur ambulanten Kontrolle im Spital, wo alles in Ordnung war und Anfang März 2003 musste sie wieder zur Kontrolle, diesmal aber stationär für drei Tage. Ich war froh darüber als sie wieder ins Spital musste, denn so hatten wir die Sicherheit eine nochmalige Gehirnblutung möglicherweise bereits im Vorfeld auszuschließen. Nach der Untersuchung und der Auswertung der Bilder sagten die Ärzte, sie müssten nochmals ins Gehirn. Wir waren beunruhigt, denn anscheinend hatten sie wieder etwas gefunden. Nächsten Tag nach einer Untersuchung der Angiographie in der von der Leistengegend ins Gehirn gesehen wird, hatten wir Gewissheit: An genau der Stelle wo ihr im Juli 2002 die Gehirnblutung passierte und diese Stelle mit 27 haardünnen Plättchen verschlossen worden war, bildete sich bereits wieder eine Ausbuchtung, die laut Auskunft der Ärzte in zwei bis vier Monaten wieder geplatzt wäre. Eine sofortige Operation war notwendig. Mama bekam diesmal alles genau mit und war aufgeregt. Ich erklärte ihr, dass sie schon so viel mitgemacht hatte und bereits sieben Operationen überstanden hatte und diese Operation auch sicher überstehen werde und es wäre unbedingt nötig zu operieren. Mama war dann beruhigt und unterschrieb die Operation. Am 12. März 2003 wurde sie operiert und ihr wurden zusätzlich zwölf Plättchen eingesetzt. Mama überstand die Operation gut, verbrachte jedoch nach der Operation die Nacht und nächsten Tag auf der Intensivstation. Als wir sie nächsten Tag abends besuchten, schoben sie Mama gerade mit dem Bett von der Intensivstation wieder in ihr Zimmer auf die Neurochirurgie. Sie lachte als sie uns sah. Ich nahm die Gelegenheit wahr und sprach mit einer Schwester, ob ein Neurologe Mama untersuchen konnte, weil sie immer noch depressiv war. Ich sagte Mama, dass ein Neurologe mit ihr sprechen wird, aber sie war nicht begeistert davon. Ich konnte sie aber dann doch von der Wichtigkeit überzeugen. Nächsten Tag erzählte mir Mama, dass eine Neurologin bereits mit ihr gesprochen hatte und sie die Tabletten vom Hausarzt weiter nehmen sollte, denn diese waren sehr gut und mussten jedoch längerfristig eingenommen werden. Sie hatte laut Diagnose auch Anpassungsstörungen, daher war der Wohnungswechsel für sie so furchtbar.

Am 18. März 2003 wurde sie nach Hause entlassen. Wieder musste sie Blutverdünner nehmen und mit dem Betablocker, den Blutdrucktabletten, den Antidepressiva und den Cholesterinsenkern und Medikamente gegen eine Harninfektion durch den Katheder hatte sie jede Menge zu schlucken. Wir suchten gleich in Spital wieder um Rehabilitation an und Gudrun und ich überlegten, ob wir Mama nicht in einer Tagesheimstätte anmelden sollten damit sie unter Leute kam. Gudrun versprach sich darum zu kümmern, aber Mama wollte nichts davon wissen. Gudrun meldete sie dennoch an und ging mit ihr in die Tagesheimstätte. Allerdings mit dem Versprechen an Mama, wenn sie nicht wollte brauchte sie nicht wieder hingehen. Meine Mutter wurde sehr herzlich aufgenommen und sie entschloss sich in einer Keramikgruppe anzufangen. Morgens wurde sie mit einem kleinen Bus geholt und ins Heim gebracht und dort frühstückte sie mit den anderen Besuchern und ging dann zur Keramikgruppe in dem sie Keramikfiguren herstellte. Sie ging einmal die Woche ins Heim, obwohl uns lieber gewesen wäre, sie würde öfters gehen, um in Gesellschaft zu sein, aber Mama war das zu teuer. Sie bekam zwar jetzt Pflegegeld, aber auch mit dem Unterhalt von ihrem geschiedenen Mann stand ihr nicht viel Geld zur Verfügung. Ich hatte inzwischen einen Termin beim Ohrenarzt organisiert, um ihr Hörvermögen zu untersuchen das seit der Gehirnblutung beträchtlich eingeschränkt war. Der Arzt erklärte uns, dass sie unbedingt neue Hörgeräte brauchte und das rechte Ohr nur noch zehn Prozent Hörvermögen hatte, sie war fast taub. Nachdem ich mehrmals mit ihr bei einen Hörakustiker war, bekam sie endlich neue Geräte die sie wieder gut hören ließen.

4 Monate später

Es geschah etwas unerwartetes. Mama wurde von einem neuen Fahrer in die Tagesheimstätte gebracht. Er ist genauso alt wie sie. Der Mann verliebte sich in sie. Inzwischen hatte Mama wieder längere, braune Haare, war immer noch sehr schlank und sah auch im Gesicht wieder normal aus. Der Fahrer lud sie auf einen Kaffee ein und nach anfänglichem Zögern ging sie mit und dann verliebte sie sich in ihn. Ich kannte sie nicht wieder. Die Depressionen waren vollkommen weg, sie lebte auf und konnte wieder lachen. Ich schenkte ihr von mir Kleidung, die mir zu weit war und sie zog sich jetzt sehr jugendlich an. Ihr Freund kam jeden Tag zu ihr und sie machten Ausflüge, gingen spazieren oder essen. Endlich lebte sie wieder! Kurz darauf kam sie für vier Wochen auf Rehabilitation und ihr Freund besuchte sie jeden Tag.

Kurz nach ihrer Rückkehr von der Rehaklinik, am 19. September 2003 fuhr ich mit Mama ins Neurologiezentrum zu einer ambulanten Kontrolle. Sie wurde mittels Magnetresonanz untersucht und alles war in Ordnung und wir freuten uns sehr darüber.

Drei Tage später, am 22. September 2003 wurde Mama als sie mit einer Freundin telefonierte, plötzlich bewusstlos. Oma rief mich an und war sehr aufgeregt. Sie erzählte mir, dass die Freundin von Mama, sie angerufen hätte und ob ich ins Spital fahren könnte. Oma redete nur wirres Zeug und ich wusste nicht was los war. Als ich Oma einigermaßen beruhigen konnte, erzählte sie mir, dass Mama im Spital sei und die Polizei die Tür aufgebrochen hätte. Ich fragte Oma in welchem Spital sie sei und sie erklärte mir, im Neurologiezentrum. Ich fuhr sofort in die Wohnung von

Mama, um einen Schlüsseldienst zu organisieren, aber die Tür war gar nicht aufgebrochen. Ich sperrte die Wohnung auf und sah, dass der Telefonhörer herunterbaumelte und ein kleiner Kasten neben dem Telefon verschoben war. Möglicherweise fiel sie auf den Kasten, als sie bewusstlos wurde. Mir wurde richtig übel, denn ich dachte daran womöglich war sie mit dem Kopf darauf gefallen. Ich rief im Neurologiezentrum an, aber Mama war dort nicht eingeliefert worden. Ich rief die Freundin von Mama an und sie war sehr aufgeregt und konnte mir auch nicht sagen wo sie meine Mutter einlieferten. Sie erzählte mir, dass sie mit meiner Mutter telefonierte und dann hat sie einen lauten Aufschlag gehört, als wäre sie umgefallen. Sie schrie immer wieder ihren Namen, aber Mama meldete sich nicht mehr. Sie schickte sofort einen Bekannten in Mamas Wohnung der die Polizei verständigte, um die Tür aufzubrechen. Die Polizei klopfte und läutete heftig an Mamas Tür, die kurz wieder zur Besinnung kam und die Tür öffnen konnte. Die Polizei verständigte sofort die Rettung und Mama wurde wieder bewusstlos. Ich erklärte ihrer Freundin, dass ich einen Wohnungsschlüssel von Mama habe, aber die Freundin dachte in der Aufregung nicht daran mich zu verständigen. Sie war völlig aufgelöst und jammerte ständig, was wohl passiert sei. Ich verabschiedete mich von ihr, weil ich herausfinden musste, in welches Spital Mama eingeliefert wurde. Ich versuchte es bei drei Krankenhäusern, aber nirgends war Mama eingeliefert worden. Ich war inzwischen sehr beunruhigt und nervös. Dann fiel mir ein, die Rettung anzurufen. Der Herr bei der Rettung sagte mir, dass er mir keine Auskunft geben durfte aber nachdem ich ihm erzählt hatte, dass Mama bereits eine Gehirnblutung und einen Shunt implantiert hatte, meinte er, ich solle es vielleicht einmal beim Elisa Krankenhaus probieren, aber das weiß ich nicht von ihm. Ich bedankte mich erleichtert und rief dort an. Ich wurde mit der zuständigen Ärztin verbunden und ich erzählte ihr von Mamas Krankheit. Sie fragte mich wo sie in Behandlung war, um sich die Krankengeschichte faxen zu lassen. Dann erklärte sie mir, dass Mama wieder bei Bewusstsein war und wir könnten sie besuchen. Ich rief sofort Gudrun an und wir fuhren ins Spital. Mama lag dort in einem völlig überfüllten Zimmer und freute sich uns zu sehen. Wir waren erleichtert, dass wir mit ihr sprechen konnten. Sie erzählte uns, dass ihr Gesicht schmerzt und ich zeigte ihr einen Spiegel, denn sie hatte ein blaues Auge. Sie sagte, sie kann sich an nichts erinnern und ich erzählte ihr was ich wusste und dass ihre Freundin Oma anrief. Ich fragte Mama, warum sie den Knopf der Rufhilfe nicht drückte, als sie bemerkte wie ihr komisch wurde, aber Mama dachte nicht daran, dies zu tun. Ich sprach nochmals mit der Ärztin und diese erklärte mir, dass nächsten Tag ein Arzt vom Neurologiezentrum kommen würde, um sie zu untersuchen. Ich fragte, warum sie nicht überstellt wurde und die Ärztin sah mich verständnislos an und sagte so einfach ginge das nicht. Ich verständigte inzwischen Mamas Freund der sehr geschockt war. Nächsten Tag wurde Mama von dem Arzt untersucht und dieser stellte wieder eine Blutung fest, jedoch an der Hirnrinde. Sie hatte wieder einen Bluterguss im Kopf und man konnte das Ausmaß noch nicht erkennen. Drei Tage später wurde sie ins Neurologiezentrum überstellt. Dort wurde abgewartet, ob sich der Bluterguss von selbst resorbierte oder sie mussten Mamas Kopf wieder aufbohren um das Blut abfließen zu lassen. Mama ging es gut und sie wollte unbedingt nach Hause. Sie hatte keine Kopfschmerzen und fühlte sich wohl. Als sie einmal aufstand um auf die Toilette zu gehen, schimpfte eine Schwester mit ihr, weil sie sich nur im

Rollstuhl fortbewegen durfte, denn sie konnte jederzeit wieder stürzen. Mamas Freund besuchte sie jeden Tag und wir Kinder wechselten uns ab. Der Bluterguss löste sich von selbst auf und Mama brauchte nicht operiert zu werden. Nach zwei Wochen wurde sie aus dem Spital entlassen. Gudrun und ich mussten sie bremsen, damit sie sich schonte und halfen ihr wieder im Haushalt. Auch ihr Freund kümmerte sich fürsorglich um sie.

1 Jahr später

Mama geht es vom Ausgangspunkt der Krankheit, gut. Sie hat immer noch Gleichgewichtsstörungen und kippt auf die linke Seite weg oder knickt mit dem linken Fuß ein. Wenn sie auf dem Gehweg geht, wankt sie plötzlich seitlich weg. Sie hört sehr schlecht, kann aber mit den Hörgeräten weitgehend Gesprächen folgen. Sie kann sich schlecht konzentrieren und vergisst viel. Sie ist kaum belastbar weder psychisch noch physisch und ist schnell erschöpft und müde. Ich unterstütze sie bei Amtswegen und wo sie Hilfe braucht. Weitgehend kann sie sich jedoch selber versorgen und ihr Leben meistern. Sie hat keine Schmerzen und ist so aktiv wie es ihre Krankheit zulässt. Immer noch ist sie einmal wöchentlich im Tagesheim. Manchmal fährt sie kurze Strecken mit dem Fahrrad, obwohl sie das nicht sollte. Sie fährt mit dem Roten Kreuz bei betreuten Reisen mit. Ihr Freund ist noch an ihrer Seite, sie leben jedoch nicht zusammen. Im November muss sie wieder stationär zur Kontrolle ins Spital.

Dezember 2019

Vor 18 Jahren hat unserer Mutter die furchtbare Gehirnblutung erlitten. Heute ist Mama 77 Jahre alt und lebt seit drei Jahren in einem Seniorenheim. Es geht ihr den Umständen entsprechen gut. Die Gleichgewichtsstörungen haben sich erheblich gebessert. Das Hörvermögen ist minimal und trotz der Hörgeräte das verstehen von Gesprächen, besonders am Telefon, schwierig. Sie wird nicht mehr so schnell müde wie früher. Das Langzeitgedächtnis ist ausgezeichnet, das Kurzzeitgedächtnis hat sich minimal gebessert. Oma ist im Jahr 2010 mit fast 90 Jahren verstorben. Ihre ältere Schwester Gerlinde lebt auch im gleichen Seniorenheim wie meine Mutter, aber auf einer anderen Station und Mama besucht sie mehrmals täglich. In denen im Heim angebotenen Kurse, nimmt sie rege teil. Sie geht malen, in den Gymnastikkurs und singen. Sie hilft anderen Heimbewohnern denen es gesundheitlich schlechter geht. Sie bringt ihnen Zeitungen oder Obst, wenn sie kleine Einkäufe macht. Und sie schiebt andere Heimbewohner mit dem Rollstuhl zum Essen. Sie muss immer noch regelmäßig zur Kontrolle ins Spital. Medikamente sind ihr ständiger Begleiter. Sie ist immer noch mit ihrem Freund zusammen. Er besucht sie regelmäßig im Seniorenheim oder sie fährt mit dem Bus zu ihm in die Wohnung. Manchmal machen sie kleine Ausflüge und er ruft sie oft an. Wir sind froh, dass sie der schweren Krankheit trotzte und sich nicht unterkriegen ließ.